Rosa Dormayer
Trügerische Spuren

Zur Autorin:

Rosa F. A. Dormayer wurde 1951 in Wien geboren. Nach einer kaufmännischen Lehre als Fakturistin arbeitete sie als Kanzleileiterin bei verschiedenen Rechtsanwälten. Sie ist verwitwet und Mutter von zwei Söhnen.

Ihre Hobbys sind Lesen, Theater, Musik, Wandern und Schreiben – vor allem Krimis.

edition
WEINVIERTEL

Reihe
Hobby: Schreiben

Illustrationen:
Sergej Garabazyi,
ermöglicht durch Zbigniew Faryniak

1. Auflage: 2002

A 3482 Gösing, Hauptstr. 47
Tel u. Fax: +43 02738/8760
e-mail: edition.weinviertel@utanet.at

ISBN 3-901616-54-3

Trügerische Spuren

1.

Alles begann an einem lauen Spätsommerabend. Emma Christon – eine mittelgroße, schlanke ältere Frau mit intelligenten grauen Augen – saß auf ihrer Terrasse und sah verträumt in den sich schon verdunkelnden Himmel. Zu ihren Füßen döste ihr kleiner Mitbewohner Struppi, ein quirliger Schnauzermischling, der immer zu Späßen aufgelegt war. Ihr Haus stand einige Kilometer abseits des Dorfes Landau, nahe am Waldrand. Seit dem Tod ihres Mannes lebte sie sehr zurückgezogen. Sie liebte das Landleben, vor allem ihren Garten. Einige Apfel- und Birnbäume, Marillen- und Zwetschkenbäume wuchsen im Garten, Ribisel- und Stachelbeersträucher säumten die schmale Seite des Gartens. Mit sehr viel Sorgfalt pflegte sie ihre Rosenbeete. Hinter dem Haus hatte sie sich einen kleinen Kräutergarten und daran anschließend einen Gemüsegarten angelegt. Die Bewohner des Dorfes kauften gerne ihr Obst, Gemüse und vor allem ihre Kräuter. Emma besaß ein altes klappriges Auto, mit dem sie einmal in der Woche ins Dorf fuhr, um Lebensmittel und andere Dinge einzukaufen und ihre frische Ware vom Garten anzubieten. Sie besuchte auch öfters ihre Freundin Olga Lechner, die im Dorf neben dem Postamt in einem kleinen Haus wohnte und ebenfalls Witwe war. Frau Liselotte Rügen, ihre Tante lebte in der Stadt und war die einzige Verwandte, die Emma noch hatte.

Emma begann zu frösteln. Sie ging ins Haus, um ihr Abendessen vorzubereiten. Als sie im Haus war, begann Struppi zu bellen. Emma ging zum Fenster, um nachzusehen, warum er ununterbrochen bellte. Da sie nichts sah, schimpfte sie mit ihm.

Plötzlich klopfte es. Etwas verärgert öffnete sie die Haustüre und Struppi lief schwanzwedelnd nach draußen. Schnaufend kam Olga in den Vorraum gestürzt; sie brachte kein Wort heraus. Sie war kleiner als Emma und kugelrund. Ihre Augen waren tiefblau und ihr graues Haar stand wie immer wirr vom Kopf ab. Emma versuchte ihre Freundin zu beruhigen, nahm sie an der Hand und führte sie in ihr gemütliches Wohnzimmer. „Eine Tasse Kräutertee wird dir gut tun", meinte Emma und verschwand in der Küche. Als sie mit dem dampfenden Tee wieder ins Zimmer kam fragte sie: „Was ist los?" Olga, die noch immer nach Luft rang, brachte nur ein Wort heraus: „Mord!" Emma sah sie ungläubig an und wiederholte: „ ... Mord?" Olga schnaufte. „Ja, du hast schon richtig verstanden".

„Wann, wo und vor allem wer ist ermordet worden?"

„Du kennst doch unseren Postvorstand Herrn Westend: den hat man umgebracht. Die Polizei geht von einem Raubmord aus. Ich verstehe es nicht, denn was gibt es auf unserem Postamt schon zu rauben? Sogar einen Kommissar haben sie aus der Stadt geschickt. Ich bin noch so durcheinander, dass ich gar keinen klaren Gedanken fassen kann. Herr Westend wurde gegen 13.45 Uhr erstochen von Hilda aufgefunden. Die Arme hat einen Nervenzusammenbruch bekommen und der Doktor musste ihr ein Beruhigungsmittel geben, schließlich ist sie ja auch nicht mehr die Jüngste. Die Polizei hat sie daher noch nicht befragen können. Ich bin fix und fertig und verstehe nicht, dass gerade bei uns ..."

„Weiß die Polizei schon, was geraubt wurde oder warum es geschah?"

Olga schüttelte den Kopf. Einige Augenblicke war es ganz still im Raum und die beiden Frauen hingen ihren Gedanken nach.

Nach einer Weile sagte Emma: „Es kann sich ja doch nur um Geld handeln."

Ihre Freundin sah sie etwas dümmlich an. „Was meinst du?"

Emma wiederholte und Olga begann verständnisvoll zu nicken.

„Ja, jetzt verstehe ich erst, was du meinst: natürlich Geld." Als wäre ihr die Erleuchtung gekommen, meinte Olga: „Aber überleg doch mal Emma: das bisschen Geld?"

„Wer weiß schon, wie viel Geld Herr Westend wirklich am Postamt liegen hatte. Vor allem müsste es aber doch jemand gewusst haben. Er wird sich doch sicherlich gewehrt haben?" „Meinst du Westend? Nein, das hat er nicht, denn die Polizei hat gesagt, er ist von hinten erstochen worden, also ..."

Emma vermied es, noch weitere Vermutungen anzustellen und erklärte voll Überzeugung: „Die Polizei wird das schon machen."

Olga sah sie ungläubig an. Sie saßen noch einige Zeit beisammen und plauderten über dies und jenes, aber über den Mord sprachen sie nicht mehr. Es war spät geworden und Olga wollte nach Hause.

„Du kannst doch heute Nacht bei mir schlafen", meinte Emma. „Danke, nein, ich will morgen früh an Ort und Stelle sein, wer weiß vielleicht haben sie den Täter ja schon."

Beide sahen sich etwas verlegen an, doch dann brachen sie in schallendes Gelächter aus. Da sich Olga im Dunkeln fürchtete, musste Emma sie wohl oder übel nach Hause fahren.

2.

Im Dorfgasthaus war der Teufel los. Alles sprach nur über den Mord, schließlich war das die Sensation. Der Wirt, ein dicklicher, sehr gemütlicher Mann, brüllte in den Raum: „Ruhe, seid doch etwas leiser!" Soeben war Wachtmeister Sanders eingetreten. Plötzlich war es ganz still. Sanders wurde von allen angestarrt. Er sah müde und abgespannt aus und wollte eigentlich keine Erklärungen abgeben, aber die Leute bedrängten ihn so sehr, dass er sich aufraffte und sagte: „Langsam, nicht alle durcheinander. Ich kann euch nicht viel mehr sagen, als ihr alle schon wisst." Wieder wurden Stimmen laut und einer schrie: „In unserem ruhigen Dorf so etwas! Was wird unternommen? Man ist ja seines Lebens nicht mehr sicher!" Alle redeten jetzt durcheinander. Ein andere Gast meinte: „Ab heute versperre ich alles. Wer weiß, ob der Mörder nicht einer von uns ist."

Eisiges Schweigen entstand. Wieder wurden Stimmen laut. „Ja, wer weiß das schon, wenn es nicht einmal unsere Polizei weiß. Ein Mörder ist in unserer Mitte." Sanders brüllte laut in den Saal. „Jetzt ist Schluss damit! Wir sind schließlich auch keine Hellseher. Es werden noch Spuren untersucht, usw. Von euch allen werden Fingerabdrücke genommen werden." Sanders drohende Stimme verfehlte nicht seine Wirkung. Betroffen setzten sich die Leute wieder an ihre Plätze. Das Gemurmel begann von neuem. Der Wachtmeister trank sein Bier aus und verließ wortlos das Lokal.

3.

Am nächsten Morgen saß Emma beim Frühstück und las neugierig die Zeitung. Ausführlich wurde über den Mord berichtet und über Motiv und Täter spekuliert. Schließlich stand sie entschlossen auf, wusch das Geschirr ab und machte sich zum Ausgehen fertig. Sie fuhr ins Dorf, um einige Einkäufe zu erledigen. Anschließend wollte sie noch Olga besuchen. Es war eine gute Gelegenheit, sich mir ihr über den Dorfklatsch zu unterhalten. Wenn auch Olga etwas schreckhaft im Dunkeln war, so hatte sie doch einen sehr realistischen und klaren Verstand.

Als Emma endlich bei Olga eintraf, setzten sie sich zu Kaffee und Kuchen in das kleine, mit alten Möbeln überfüllte Wohnzimmer. Emma begann zu erzählen.

„Ich war im Kaufhaus und die Kassiererin sagte, dass es Hilda schon wieder besser gehe, aber das Postamt wäre sowieso geschlossen. Mord sei in einem kleinen Dorf doch etwas Schreckliches und die Leute reden soviel Unsinn. Es wird gemunkelt, dass es einer von uns gewesen sein soll." „Jeder kennt hier jeden. Wer soll so etwas Böses machen?", fragte Emma.

Olga nickte. „Ja, das habe ich auch schon überlegt und du doch auch, nicht wahr?" Emma musste ihr Recht geben.

„Kennst du das alte Forsthaus? Es wurde an Städter verkauft." Erstaunt sah Emma sie an und fragte: „Woher weißt du das?"

„Beim Fleischer habe ich es gehört“, erwiderte Olga. „Und das Beste daran ist, dass sie angeblich schon seit einiger Zeit dort wohnen; also sind doch auch Fremde da!“ Sie sah ihre Freundin triumphierend an, die reglos und mit offenem Mund dasaß.

„So etwas! Davon wusste ich ja gar nichts! Und hat die Polizei diese Leute schon vernommen?“

Olga zuckte die Achseln. „Also, alles weiß ich auch nicht und die Polizei tut sehr geheimnisvoll. Tja, in den Zeitungen steht auch nichts Aufschlussreiches.“

Emma fragte: „Hast du die Leute schon gesehen? Kommen sie ins Dorf einkaufen? Oder wer könnte etwas über sie wissen?“

„Nicht so hastig“, erwiderte Olga. „Alles der Reihe nach. Also: Es sind wohlhabende Leute. Sie heißen Friedmann, haben zwei Buben und ein Neffe wohnt auch bei ihnen, aber wie er heißt weiß keiner. Man sagt, er soll sehr schwer krank sein. Der Mann ist Anwalt und seine Frau hatte eine Boutique in der Stadt, die sie aber wegen des kranken Neffen aufgeben musste. Sonst gibt es nichts Geheimnisvolles über die Familie zu erzählen.“

„Aber jemand muss doch Bescheid wissen! Und vor allem, woher die Leute gewusst haben, dass das Grundstück mit dem Forsthaus zu kaufen war!“, sagte Emma gereizt.

„Du Dummchen! Natürlich haben sie es von den Häusermaklern erfahren! Es steht doch schon seit langer Zeit leer und zum Verkauf, aber keiner wollte es kaufen. Das Haus ist in einem schlechten Zustand und der große Garten total verwildert", erwiderte Olga.

„Nun", meinte Emma, „du weißt doch allerhand mehr als ich und hast mir nie von dem Verkauf erzählt."

„Ich habe ja selbst erst heute davon gehört", sagte Olga leicht beleidigt.

„Na schön, ich muss jetzt wieder nach Hause, Struppi wird schon auf mich warten." Sie verabschiedete sich von ihrer Freundin und fuhr Richtung Forsthaus.

4.

Julia Friedmann ging unruhig auf und ab. Wo bleibt nur der Arzt, dachte sie besorgt. Ihrem Neffen ging es heute sehr schlecht. Er war schon immer ein schwächliches und kränkliches Kind gewesen, aber seit seine Eltern bei einem Unfall ums Leben gekommen waren, hatte sich sein Zustand sehr verschlechtert. Damals hatte das Ehepaar Friedmann sich seiner sehr angenommen. Die tragischen Ereignisse hatten bei ihm eine schwere Nervenkrise ausgelöst. Das Ehepaar selbst hatte zwei Buben im Alter von 11 und 13 Jahren. Philip Friedmann, ein sehr populärer Anwalt, verbrachte nur die Wochenenden mit seiner Familie in Landau. Ihr Personal bestand aus einer Haushälterin und einer Krankenschwester.

Endlich kam der Arzt. Er wurde von Julia Friedmann sofort zu ihrem Neffen geführt, der kreidebleich im Bett lag. Sie verließ das Zimmer, um bei der Untersuchung nicht zu stören, blieb aber in der Nähe, für den Fall, dass der Arzt irgend etwas benötigte. Dr. Bellinger, der Dorfarzt, kam nach einiger Zeit wieder aus dem Zimmer und sprach leise mit Frau Friedmann. Die Krankenschwester, die ebenfalls vor dem Zimmer des Jungen wartete, stand noch einige Zeit unschlüssig herum, konnte allerdings nichts vom Gespräch der beiden hören. Dann bat Dr. Bellinger sie zu sich und besprach mit ihr die weitere Behandlung des Jungen. Frau Friedmann und der Arzt sprachen noch eine Weile über den Mord und welche Aufregung im Dorf dadurch entstanden war. Einige Zeit später verabschiedete sich der Arzt und verließ eilig das Haus.

5.

Emma fuhr langsam den Weg zum Waldrand hinauf und blickte sich suchend um. Sie war so vertieft, dass sie das herannahende Auto gar nicht bemerkte und furchtbar erschrak, als die Hupe ertönte und die Bremsen quietschten. Sie brachte ruckartig ihr Fahrzeug zum Stehen, erkannte Dr. Bellinger und hob grüßend die Hand. Der Arzt wundert sich, als er Emma erkannte. Was die wohl hier sucht, dachte er sich. Na ja, vielleicht macht sie einen Anstandsbesuch im Forsthaus, um die Leute kennen zu lernen, überlegte er und fuhr schnell davon, denn sein Ordinationszimmer würde zum Bersten voll sein, fürchtete er. Alle hatten irgendwelche Wehwehchen und natürlich würden sie Klatsch und Tratsch erwarten. Schließlich hatte er ja die Leiche von Herrn Westend untersucht! Im Stillen ärgerte er sich ein wenig darüber, weil doch ein Gerichtsmediziner hinzugezogen worden war.

Emma war endlich am Tor zum Forsthaus angekommen und bog schnurstracks in die Zufahrt zum Haus ein. „Ich mache ja nur einen Anstandsbesuch und vielleicht können die neuen Bewohner Obst, Gemüse und Kräuter brauchen oder auch eine selbstgemachte Marmelade“, sagte sie zu sich selbst. Sie stieg aus dem Auto und nahm ihren Korb heraus. Als sie sich umdrehte, stand plötzlich eine junge, hochgewachsene Frau im Türrahmen und fragte barsch: „Was wünschen Sie?“

Emma war keine ängstliche Natur. Lächelnd stieg sie die Treppen bis zur Tür hinauf, grüßte und stellte sich vor. Nun streckte ihr die junge Frau die Hand entgegen und schmunzelte, als sie sah, dass es eine nette ältere Dame war. Sie schüttelten einander die Hand und verschwanden plaudernd im Haus.

6.

Wachtmeister Sanders saß in seinem Büro und starrte auf den Papierstoß und die Bücher, die vor ihm auf dem Schreibtisch ausgebreitet lagen. Unwillig begann er die Papiere zu ordnen, die aus dem Postamt stammten und nach der Tat beschlagnahmt worden waren. Der Ermordete war ein sehr ordentlicher Mann gewesen und so dauerte es nicht lange, bis Sanders alles zumindest oberflächlich durchgesehen hatte. In einem Buch waren sowohl ein- und ausgehende Briefsendungen als auch Paketabgaben notiert. Sanders legte es auf einen eigenen Stapel; er würde es als Letztes durchsehen. Vorerst wollte er die Ein- und Auszahlungen prüfen. Vielleicht ergab sich daraus etwas. Nach mehr als einer Stunde stand er auf und ging im Raum umher. Unzufrieden mit dem Ergebnis begann er, laut mit sich selbst zu sprechen. Von allen Einwohnern der kleinen Ortschaft waren Ein- und Auszahlungen getätigt worden – nicht gerade aufschlussreich. Eine Einzahlung allerdings war sehr merkwürdig. Der Anwalt, der erst seit kurzer Zeit im Forsthaus wohnte, hatte eine hohe Summe einbezahlt. Sanders musste nun noch den Empfänger überprüfen, vielleicht ... Wachtmeister Sanders überlegte, warum gerade die Einzahlung hier und nicht von dessen Geschäftskonto aus gemacht worden war. Vielleicht hat es seine Frau für ihn erledigt, dachte er und nahm sich vor, nicht nur den Anwalt zu befragen, sondern auch seiner

Frau einen Besuch zu machen. Dem Kommissar wollte er später davon berichten.

Er setzte sich wieder an seinen Schreibtisch und sah die übriggebliebenen Papiere durch, fand aber nichts Wesentliches mehr. Eigentlich war alles in schönster Ordnung; das machte ihm Sorgen. Wo sollte er beginnen?

Dann nahm er sich das Buch mit den Briefsendungen und Paketen vor. Als aus dem Buch ein Zettel flatterte, stieß Sanders einen Pfiff aus. Er führte ein längeres Telefonat, nahm das Buch, steckte den Zettel wieder hinein und summte fröhlich vor sich hin, als er das Büro verließ.

7.

Zwei Tage später war Olga bei Emma zum Mittagessen eingeladen. Sie kam wie immer etwas zu früh. Emma öffnete ihr die Tür und Struppi sprang freudig bellend an ihr hoch. Olga spielte ein wenig mit ihm, dann setzte sie sich in der großen, gemütlichen Küche zum Tisch und schaute ihre Freundin neugierig an.

„Nun erzähl mir schon, was du erlebt hast, sonst platze ich." Emma lachte und setzte sich nieder.

„Also, vorgestern bin ich nicht gleich nach Hause gefahren, sondern Richtung Forsthaus. Zuerst wäre ich fast mit Dr. Bellinger zusammengestoßen, weil ich nicht auf die Straße geachtet habe und dann stand Frau Friedmann vor der Tür. Sie sah ziemlich grimmig drein, aber als ich mich vorstellte, ihr mein Obst und Gemüse anbot, wurde sie zugänglicher und lud mich ins Haus ein. Na, ich war vielleicht aufgeregt! Das Haus ist schon fast ganz renoviert, aber alles nur halbfertig. Ich wusste nicht, dass es so ein großes Haus ist. Schon allein die Vorhalle ist zweimal so groß wie meine Küche. Dann bat mich Frau Friedmann ins Wohnzimmer und bot mir etwas zu trinken an. Ich nahm natürlich das Angebot an, ich wollte ja ... – na, du weißt schon ..."

„Na und?", fragte Olga neugierig weiter.

„Frau Friedmann ist eine sehr hübsche, junge Frau, groß und schlank, hat wunderbare blaue Augen und mittelblondes langes Haar. Ihre zwei Buben sind 11 und 13 Jahre alt. Ich glaube, der ältere heißt Thomas, der jüngere Alexander. Sie gehen in der Stadt ins Internat und sind nur zum Wochenende zu Hause. Der Mann von Frau Friedmann ist Anwalt. Er hat seine Kanzlei in der Stadt; er dürfte ein recht gefragter Anwalt sein. Das Personal besteht aus einer Haushälterin, Frau Weirich, die eine recht resolute Frau ist und einer Krankenschwester, Fräulein Jindra. Ein junges, rundliches Ding mit rosiger Gesichtsfarbe."

Emma stand auf und stellte die Teller auf den Tisch. Beide schwiegen während des Essens. Als sie fertig waren, half Olga den Tisch abzuräumen und Emma brachte noch zwei Gläser mit selbstgebranntem Schnaps. Zur besseren Verdauung, wie sie immer zu sagen pflegte. Sie ließen es sich schmecken.

Olga sagte ungeduldig: „Erzähl doch, bitte, weiter."

„Ja, wo war ich stehen geblieben? Ach ja, ich weiß schon", sagte Emma. „Der arme Neffe – ich glaube, er heißt Axel Friedmann und ist der Sohn vom Bruder des Rechtsanwaltes. Er hat seine Eltern bei einem Autounfall verloren und lebt nun bei ihnen; er wird wie das eigene Kind behütet. Frau Friedmann erzählte mir, dass er schon als Kind sehr schwächlich war. Er hat angeblich eine Nervenkrankheit."

„Was heißt 'angeblich'?", fragte Olga.

Emma seufzte, zuckte mit den Schultern und meinte: „Was weiß ich?! Frau Friedmann war sehr nett und ich soll bald wieder vorbeikommen, es wäre ein sehr angenehmer und gemütlicher Nachmittag gewesen."

„Habt ihr nicht über den Mord gesprochen?", beeilte sich Olga zu fragen.

„Nein", kam prompt die Antwort, „schließlich waren wir mit Kennenlernen usw. beschäftigt; es ist mir auch gar nicht eingefallen danach zu fragen. Wenn ich das nächste Mal hinfahre, um Obst und Gemüse zu liefern", kicherte sie verschmitzt, „werde ich sie schon ein bisschen ausfragen."

Nun war Olga dran: „Jetzt wissen wir jedenfalls etwas mehr über die Neuen. – Was war bei deiner Tante?"

Emma hatte total vergessen, dass sie ja bei Tantchen gewesen war und berichtete nun ihrer Freundin in kurzen Sätzen, dass sie beide über den Mord gesprochen hätten und dass es Frau Rügen jetzt wieder besser ginge, na ja, und so den ganzen Tratsch halt – mehr war da nicht zu erzählen.

Nach einer Tasse Kaffee und Keksen verabschiedete sich Olga. Sie war froh über den Spaziergang nach dem guten Essen und der Kaffeejause. Außerdem konnte man beim Gehen besser nachdenken, redete sie sich ein und marschierte drauf los.

8.

Wachtmeister Sanders war nun schon den zweiten Tag spurlos verschwunden. Kommissar Heller, ein älterer etwas fülliger Mann, saß beim Schreibtisch und überlegte. Sanders kann sich doch nicht in Luft aufgelöst haben. In der Stadt ist er nicht, zu Hause ist er auch nicht, seine Frau weint sich schon die Augen aus. „Wir müssen alle Möglichkeiten in Betracht ziehen", meinte er, sich an seine beiden Untergebenen wendend.

„Welche Möglichkeiten meinen Sie?", fragte Sergeant Machat. Heller erwiderte lakonisch: „Na, eben alles, was man tun kann. Stellen Sie sich nicht so dumm an. Wer hat ihn zuletzt gesehen? Wo kann er hingegangen sein? Hat er telefoniert und mit wem, na, usw. Jemand muss doch wissen, was er zuletzt getan hat oder wo er hingegangen ist. Gehen Sie die Leute ausfragen, aber ein bisschen plötzlich!"

Sergeant Machat und sein Kollege Gregori, ebenfalls Sergeant, liefen eiligst aus der Polizeistation. So hatten sie den Kommissar noch nie erlebt.

„Er macht sich doch tatsächlich Sorgen um Sanders", sagte Machat zu seinem Kollegen. Beide gingen in Richtung Gasthaus und befragten alle, die ihnen entgegenkamen, ob, wann und wo sie Sanders gesehen hatten. Einige zuckten nur mit den Achseln, andere sagten, sie könnten sich nur erinnern, dass er im Gasthaus sein Bier getrunken hatte und dann gegangen war. Die beiden Sergeants trennten sich. Machat ging ins Kaufhaus, Gregori ins Gasthaus.

Im Kaufhaus war nicht allzu viel los. Sergeant Machat befragte die Kassierin und die anwesenden Angestellten. Keiner wusste etwas und es machte sich auch keiner Sorgen.

Zur gleichen Zeit wurden im Gasthaus der Wirt und die Gäste von Sergeant Gregori befragt. Ein Gast erklärte, er hätte Sanders gesehen, der – ein Liedchen summend – aus der Polizeistation gekommen wäre. Das sei vor zwei Tagen gewesen. Er habe ein Buch unter dem Arm getragen.

„Wo ist er hingegangen?", fragte Sergeant Gregori. „Wissen Sie das auch?"

Der Gast verneinte. Er wurde von Gregori aufgefordert, sich in einer Stunde auf der Polizeistation zu melden; der Kommissar würde ihn sicherlich selbst befragen wollen.

9.

Rechtsanwalt Friedmann saß in seinem bequemen Bürosessel und diktierte einen Brief. Er war nahe der fünfzig. Ein großer, hagerer Mann. Sein schütteres, schon graues Haar und die dunklen, buschigen Augenbrauen verliehen ihm einen strengen – fast diabolischen – Gesichtsausdruck. Er beendete das Diktat und begann im Zimmer auf und ab zu gehen. Sein Blick fiel auf das Foto auf dem Schreibtisch und ein Lächeln huschte über sein Gesicht. Einen Augenblick dachte er darüber nach, wie es seiner Frau und den Kindern gehen würde. Rastlos ging er umher, als seine Sekretärin klopfte und ins Zimmer kam. „Ja, was gibt's?", fragte er barsch.

„Ein Herr wartet bereits seit 10 Minuten. Er sagt, er hätte telefonisch mit Ihnen einen Termin vereinbart", antwortete sie ruhig. Friedmann erinnerte sich an die Vereinbarung und bat sie, den Herrn in zirka fünf Minuten hereinzuführen. Schnell ordnete er die Unterlagen auf seinem Schreibtisch. Dann begab er sich zur Sitzgruppe, die in der Ecke seines Büros stand. Er öffnete eine im Wandschrank verborgene Bar und schenkte sich ein Glas Cognac ein.

10.

Ein kühler Wind peitschte Regentropfen an die Fensterscheiben. Emma war in ihrer Küche und kochte Marmelade ein. Sie trug die gefüllten Gläser in den Vorratsraum und schnaufte: Ich glaube, langsam werde ich alt. Struppi beobachtete sein Frauchen von seinem Lieblingsplatz beim Herd aus, wie es immer hin und her lief. Als Emma das letzte Glas auf den Tisch stellte, war sie mit sich sehr zufrieden. „Gott sei Dank", sagte sie laut. Hoffentlich bessert sich das Wetter bald, dachte sie und starrte zum Fenster hinaus. Das Telefon klingelte und riss sie aus ihren Gedanken. Sie eilte in den Vorraum, nahm den Hörer ab und hörte Olgas vertraute Stimme. „Hallo meine Liebe, es ist so ein scheußliches Wetter draußen, dass ich heute nicht mehr zu dir komme."

„Das macht mir gar nichts", sagte Emma. „Ich bin sowieso fix und fertig. Ich habe den ganzen Tag Marmelade eingekocht und Kräuter und Gemüse geputzt."

„Na gut, dann sehen wir uns vielleicht morgen. Hast du schon gehört, dass unser Wachtmeister verschwunden ist?"

Einen Augenblick war es still in der Leitung, bevor Emma antwortete. „Du bist gut! Woher sollte ich denn das wissen? Ich war seit Tagen nicht mehr im Dorf, und in der Zeitung steht auch nichts davon."

„Seine Frau ist ganz aus dem Häuschen. Er ist nicht

nach Hause gekommen", meinte Olga mitfühlend. „Der Kommissar hat eine Befragung aller Dorfbewohner angeordnet." Sie kicherte: „Vielleicht hat er eine Freundin."

„So ein Blödsinn", sagte Emma entrüstet. „Er hatte doch mit den Nachforschungen im Mordfall zu tun."

„Du hast ja recht", meinte Olga, „aber verdächtig ist es doch." Die beiden Freundinnen verschoben ihr Treffen auf den nächsten Morgen und beendeten das Gespräch.

11.

Der nächste Morgen war ebenfalls kühl und regnerisch. Frau Friedmann sah betrübt aus dem Wohnzimmerfenster. „Hoffentlich wird es zum Wochenende schöner, wenn die Jungen kommen", dachte sie. „Wenn sie den ganzen Tag im Haus bleiben müssen, ist das für uns alle sehr anstrengend, vor allem für Axel." Sie seufzte und begann, eine Einkaufsliste zu schreiben. Dann ging sie in die Küche, um mit Frau Weirich nochmals den Speiseplan für die nächsten Tage zu besprechen. Die Haushälterin machte sich für den Einkauf fertig.

„Ich werde heute selbst einkaufen fahren", sagte Frau Friedmann etwas nervös. Da die Renovierungsarbeiten nur langsam voran gingen und ein ständiges Kommen und Gehen im Haus war, freute sie sich auf die Abwechslung. Frau Weirich würde sich in der Zwischenzeit schon um alles kümmern. Sie zog sich rasch an und verließ das Haus. Während der Fahrt ins Dorf dachte sie darüber nach, warum ihr Mann schon heute aus der Stadt kommen wollte. Am Telefon hatte er bedrückt geklungen und war ihren Fragen ausgewichen. – Ach was, ich bilde mir nur was ein.

Sie parkte das Auto vor dem Kaufhaus und ging zum Fleischer. Einige Frauen standen herum und schwatzten. Herr Tanner, der Fleischer, wünschte ihr einen guten Tag und die Frauen hörten auf zu sprechen. Sie spürte die neugierigen Blicke auf ihr ruhen. Ein wenig erleichtert verließ sie mit ihrem Einkauf den Laden. Ob man mich im Kaufhaus auch so anstarren wird, dachte sie. Im Kaufhaus des Ortes gab es nicht nur Lebensmittel, sondern auch Kleidung und viele andere Dinge. Julia ging ganz in Gedanken versunken auf den Eingang zu, als sie von einer älteren Frau freundlich gegrüßt wurde. Sie erkannte Emma und grüßte zurück.

„Gehen Sie auch ins Kaufhaus?", fragte sie Emma.

„Ich war schon einkaufen. Dann habe ich noch meiner Freundin ein paar Gläser meiner selbstgemachten Marmelade gebracht", antwortete Emma.

„Bei dieser Gelegenheit kann ich mich nochmals für das Obst und die Kräuter bei Ihnen bedanken", entgegnete Julia Friedmann. „Sogar mein Neffe hat endlich wieder einmal frisches Obst gegessen. Sie wissen ja, in der Stadt ist das Obst zwar schön, aber ob es frisch ist, weiß man nie genau. Es ist gut für ihn, wenn er wieder mehr zu essen beginnt."

Emma nickte verständnisvoll und meinte: „Wenn Sie möchten, komme ich nächste Woche gerne wieder bei Ihnen vorbei und bringe Obst und Marmelade mit. Ich würde es gerne machen."

„Das wäre wirklich sehr nett von Ihnen", sagte Julia. Dann verabschiedeten sich die beiden Frauen voneinander.

12.

Im Forsthaus war Frau Weirich mit den letzten Vorbereitungen fürs Wochenende beschäftigt. Sie säuberte die Zimmer, wechselte die Bettwäsche und heizte den Kamin im Wohnzimmer. Das Arbeitszimmer von Herrn Friedmann wurde von ihr mit besonderer Sorgfalt gereinigt; kein Stäubchen war mehr zu finden. Danach ging sie in die Küche, um das Essen vorzubereiten. Sie hörte gar nicht, dass Fräulein Jindra in die Küche kam. Erschrocken drehte sie sich um. „Um Himmels Willen, schleichen Sie nicht so herein! Ich bekomme noch einen Herzanfall."

Fräulein Jindra lachte fröhlich und erwiderte: „Ich wollte Sie doch nicht erschrecken. Ich bin es gewöhnt, leise zu sein. Der junge Herr ist jetzt wieder eingeschlafen; es geht ihm schon besser. Ich glaube, das macht die frische Landluft."

„Frisch, ja, das ist das richtige Wort für dieses Wetter", schimpfte die Haushälterin.

„Sie werden sehen, es wird bald wieder besser werden", meinte Fräulein Jindra. „Ist Frau Friedmann noch nicht da?"

„Nein", kam die lakonische Antwort. „Sie wird wohl ein wenig tratschen. Es tut ihr bestimmt gut, einmal aus dem Haus zu sein. Sie kümmert sich ja wirklich um alles. Der Herr kommt schon heute nach Hause und die Buben morgen." „Hoffentlich bessert sich das Wetter, damit sie nicht ständig im Haus herumlaufen und lärmen", klagte die Haushälterin.

„Ach, es wird schon nicht so tragisch werden", erklärte Fräulein Jindra. „Vielleicht macht die Familie einen Ausflug, oder sie fahren in die Stadt, um ins Kino zu gehen." Frau Weirich nickte mit dem Kopf und schickte ein stilles Stoßgebet zum Himmel.

13.

Im Polizeipräsidium war der Mord in Landau Routinesache. Unbefriedigend war nur die Tatsache, dass Wachtmeister Sanders noch immer nicht aufgetaucht war. In der Zwischenzeit waren die Fingerabdrücke von allen Einwohnern genommen und mit den Abdrücken verglichen worden, die sich auf gewissen Unterlagen vom Postamt befanden. Natürlich fanden sich von fast allen Bewohnern die Abdrücke auf Ein- und Auszahlungsbelegen. Das Tatmotiv war nach wie vor unklar. Es wurden keinerlei Spuren gefunden, die verwertet werden konnten. Alle Geldbeträge, die sich auf dem kleinen Postamt befanden, wurden überprüft. Es fehlte kein größerer Betrag – nur das Geld aus der Kasse. Allerdings waren noch die Leute im Dorf zu befragen, ob sie etwas gesehen oder gehört hätten. Schließlich wurde das Postamt immer über die Mittagszeit geschlossen.

Kommissar Heller war bei seinen Kollegen sehr geschätzt, denn er war bekannt dafür, knifflige Fälle zu lösen. Wenn wir wenigstens Sanders finden würden, dachte er. Im Stillen machte er sich bereits Sorgen, denn niemand hatte Sanders gesehen, außer dem Zeugen Keller, der von Sergeant Gregori ausfindig gemacht worden war. Wo Sanders war, da war auch das Buch vom Postamt. Nachdenklich und mit dem unbestimmten Gefühl, dass hinter dem Verschwinden von Sanders mehr stecken könnte, verließ er das Präsidium.

14.

Für Emma verlief das Wochenende wie immer. Im Garten konnte sie leider nichts machen, denn es regnete immer noch. Sogar Struppi verzichtete auf seinen heißgeliebten Spaziergang zum Waldrand. Emma machte Feuer im Kamin. Sie fand ein Buch, das sie schon lange nicht mehr gelesen hatte. Sie nahm sich einige Kekse und machte es sich in ihrem altmodischen Ohrensessel bequem. Auf einem kleinen Tisch stand eine Stehlampe, die ein warmes und gemütliches Licht gab. Nachdem sie die ersten Seiten gelesen hatte, kam auch die Erinnerung wieder. Es war der Lieblingskrimi ihres Mannes. Wehmütig dachte sie an die schöne Zeit mit ihm und plötzlich liefen Tränen über ihre Wangen. Mit einem Ruck wischte sie die Tränen weg und schalt sich selbst eine alte Närrin.

Sie legte das Buch beiseite und ging in die Küche, um das Abendessen zuzubereiten. Nach dem Essen wollte sie weiterlesen. Da klingelte das Telefon. „Dieses Telefon!“, murrte Emma und lief in den Vorraum. Ihr knappes „Hallo“ verschlug Olga fast die Sprache.

„Was ist los mit dir? Bist du krank?“, fragte sie.

„Nein, natürlich bin ich nicht krank. Ich hätte mir ja denken können, dass du es bist“, erwiderte Emma.

„Nun sag schon: Was ist los mit dir?“, fragte Olga nochmals.

„Ach, gar nichts besonderes. Ich fand heute ein Buch,

das mein Mann so gerne gelesen hat. Ich bin ein bisschen sentimental geworden", erklärte Emma prompt.

„Ach, das ist doch wirklich nicht so schlimm; mir geht es ja auch öfter so. Sei nicht immer so streng mit dir. Ein paar Tränen tun dir auch gut", meinte Olga versöhnlich.

„Ja, ja, ja, schon gut", brummte Emma zurück.

„Ich wollte eigentlich nur wissen, ob es bei unserem Treffen morgen bleibt oder ob du andere Pläne hast", fragte Olga.

„Klar bleibt es dabei. Ich fahre allerdings vorher noch im Forsthaus vorbei, um die versprochene Marmelade und das Obst abzuliefern", meinte Emma.

Olga kicherte. „Ja, und vergiss nicht, einige Fragen zu stellen."

„Ich werde das schon machen", erwiderte Emma und beendete nach einem Gutenachtgruß das Gespräch. Dann setzte sie sich wieder gemütlich in ihren Sessel und las weiter. Der Krimi war wirklich spannend geschrieben. Sie vergaß dabei sogar die Zeit. Das Feuer im Kamin war schon fast ganz heruntergebrannt. Sie legte noch einige Holzscheite nach, ehe sie endlich zu Bett ging.

15.

Am nächsten Morgen schien endlich wieder die Sonne.

Für Julia Friedmann war das Wochenende nicht friedlich gewesen. Die beiden Buben tollten im Haus umher und machten einen Höllenlärm. Sogar ihr Mann konnte nicht in Ruhe arbeiten.

Philip hatte für sie und die Kinder nicht sehr viel Zeit. Meistens blieb er im Arbeitszimmer, nur zu den Mahlzeiten war die Familie vereint. Nun waren die zwei Buben wieder im Internat und ihr Mann im Büro. Julia saß bei ihrem Schreibtisch und wollte einige wichtige Briefe schreiben, doch mit den Gedanken war sie noch immer bei Philip. Nervös und gereizt war er ihr vorgekommen. Und wenn sie ihn darauf ansprach, erklärte er, er hätte einen sehr komplizierten Fall übernommen. Sie kannte ihren Mann sehr gut, aber so hatte sie ihn noch nie gesehen. Sicherlich ist er überarbeitet, dachte sie und versuchte sich auf ihre Briefe zu konzentrieren. Endlich war sie fertig und ging nach unten.

Frau Weirich sah sie besorgt an und fragte: „Geht es Ihnen gut?"

Erstaunt über diese Frage sagte sie: „Ja, natürlich geht es mir gut. Wieso fragen Sie?"

„Sie sehen abgespannt und müde aus", erwiderte die Haushälterin. „Sie sollten nach dem Mittagessen ruhen."

„Ich weiß, das Wochenende mit den Kindern im Haus

war anstrengend und es würde mir wirklich gut tun, etwas auszuspannen. Jetzt ist das Wetter auch wieder schön; vielleicht mache ich einen kleinen Spaziergang, oder ich lese ein Buch", antwortete sie freundlich.

„Soll ich die Briefe zur Post bringen?", fragte die Haushälterin.

„Das wäre sehr nett von Ihnen", erklärte Frau Friedmann und ging ins Wohnzimmer. Die Haushälterin sah ihr nach. Es sind nicht nur die Kinder, dachte sie; ihr Mann benahm sich auch sehr sonderbar. Aber vielleicht ist es wirklich nur das Wetter – wer weiß, wer weiß.

Julia ging langsam durch den großen Garten; die frische Luft und die Sonne taten ihr sehr gut. Sie überlegte, ob Frau Weirich etwas Bestimmtes gemeint haben könnte, dann verwarf sie ihre Gedanken wieder und genoss die friedliche Stille.

Durch die Geräusche eines Autos wurde sie aus ihren Gedanken gerissen und blickte in Richtung Tor, wo sie Emma zum Haus fahren sah. Langsam ging sie zurück, um Emma zu begrüßen. Es war eine willkommen Abwechslung, mit ihr zu plaudern. Die beiden begrüßten sich herzlich und gingen ins Haus. Wie versprochen hatte Emma Obst, Gemüse und natürlich Marmelade mitgebracht. Julia brachte die Sachen in die Küche und bat Emma ins Wohnzimmer. Sie sprachen über die Gartenarbeit und vom Einkochen von Marmelade. Julia Friedmann meinte, dass sie den großen Garten eventuell auch für Gemüse, Obst und Kräuter nutzen wolle. Sie kenne sich allerdings zu wenig mit Gemüseanbau aus und es wäre sehr hilfreich, wenn Emma ihr dabei helfen könnte. Emma war von dieser Idee begeistert und bot gerne ihre Hilfe an. Geschickt lenkte sie dann das Gespräch in eine andere Richtung, indem sie vom vergangenen Wochenende erzählte: wie scheußlich das Wetter gewesen war und wie sie es sich vor dem Kamin mit einem Krimi gemütlich gemacht hatte.

Julia hörte ruhig zu und erzählte ihrerseits, wie anstrengend es für sie gewesen war, weil ihre Söhne nicht im Freien spielen konnten und viel Lärm gemacht hatten. Axel würde es zwar besser gehen, aber durch den Lärm der Kinder war er doch in seiner sonstigen Ruhe gestört worden. Außerdem war ihr Mann ziemlich gereizt und nervös gewesen; sie könnte sich nicht daran erinnern, ihn schon einmal so gesehen zu haben. Eigentlich wollte Julia das gar nicht sagen, aber Emma hatte ihr so mitfühlend zugehört und immer mit dem Kopf genickt, dass es einfach aus ihr herausbrach.

„Vielleicht ist er nur überarbeitet", meinte Emma, ohne sich anmerken zu lassen, dass sie sich darüber andere Gedanken machte. Nun erzählte sie noch von Olga und wie sie erfahren hatte, dass Herr Westend ermordet worden war. Dabei beobachtete sie ihre Gastgeberin, die aber ruhig und gelassen blieb.

„Ich habe es durch den Arzt erfahren" antwortete Frau

Friedmann, und es sei wirklich scheußlich.

Sie unterhielten sich noch angeregt über Motiv und Täter. Als Emma auf ihre Uhr sah, war es bereits Mittag und sie wollte doch noch zu Olga. Sie stand auf und verabschiedete sich von Frau Friedmann.

„Leider habe ich jetzt keine Zeit mehr. Aber es wäre nett, wenn Sie einmal Zeit hätten, mich zu besuchen – vielleicht an einem Nachmittag zu Kaffee und Kuchen?", sagte Emma.

16.

Kommissar Heller beschäftigte sich mit der Befragung der Einwohner. Immer wieder stellte er dieselben Fragen. Meistens erhielt er gleichlautende Antworten. „Ja, ich kannte Herrn Westend. Nein, ich war an diesem Tag nicht im Postamt." Oder: „Ja, ich kannte Herrn Westend und ich war da. Er war wie immer, sehr liebenswürdig und zuvorkommend." „Ja, Hilda war auch da und sie war auch wie immer." Heller fragte auch um die genaue Uhrzeit. „Wann waren Sie am Postamt?" Antwort: „Ich kann mich nicht mehr genau erinnern, aber es war sicher am frühen Vormittag." „Natürlich war es am Vormittag, denn mittags war der Postvorstand ja schon tot."

Heller raufte sich die Haare, entweder stellten die Leute sich so blöd, oder sie waren es, oder ... Es muss doch einen Menschen geben, der zuletzt am Postamt war und vielleicht etwas oder jemand gesehen hatte! Er fragte auch nach Sanders. Vielleicht war er doch noch vor seinem mysteriösen Verschwinden gesehen worden; wenn ja: wo und wann? Die Antworten waren: „Ja, Sanders wurde zuletzt im Dorfgasthaus gesehen, dann nicht mehr."

Heller beauftragte seine beiden jungen Kollegen mit der weiteren Befragung und ging die Unterlagen aus dem Postamt nochmals sorgfältig durch. Ihm fiel ebenfalls die Einzahlung des Anwaltes auf. Er führte mit dem Polizeipräsidium ein längeres Telefonat. Er nahm sich vor, bei Gelegenheit den Anwalt aufzusuchen, um ihm darüber zu befragen. Murrend über die Tatsache, dass er noch überhaupt keine Anhaltspunkte hatte, teilte er seinen Untergebenen seine Absichten mit und verließ die Polizeistation.

17.

Die beiden Freundinnen saßen in Olgas Wohnzimmer und tranken Kaffee.

Emma seufzte. „Die Stimmung ist am Nullpunkt angelangt. Keiner weiß was, keiner hat was gesehen. Ich glaube, unser Kommissar ist ganz schön wütend abgefahren."

Olga nickte. „Ist ja auch kein Wunder: Man weiß nicht, wer Westend ermordet hat und man weiß nicht, wo Sanders ist."

„Ja, das ist eine ganz schön vertrackte Sache", meinte Emma. „Ich denke, Sanders hat etwas herausgefunden und ..."

Olga saß sekundenlang starr da, dann sagte sie leise: „Also du denkst das auch!"

„Wir müssen nun etwas unternehmen", meinte Emma streng.

„Ja, aber wie wollen wir vorgehen?", fragte Olga. „Es ist nämlich gar nicht so leicht, unverfängliche Fragen zu stellen. Wenn einer von uns einen Fehler macht, ist er auch tot!" Beide Frauen hingen still ihren Gedanken nach.

„Nun, wir müssen es riskieren", meinte Emma endlich, „aber mit Vorsicht." Sie wartete erst gar keine Antwort von ihrer Freundin ab und begann, von ihrem Besuch im Forsthaus zu erzählen. „Weißt du, Julia Friedmann tut mir leid. Sie ist während der Woche alleine mit ihrem kranken Neffen und den beiden Angestellten. Anscheinend sind die

Wochenenden für sie der reinste Stress. Jedenfalls hat sie mir erzählt, dass ihr Mann nervös und gereizt war. Ich war verwundert, dass sie mir das so einfach erzählte. Eigentlich kam es mir so vor, als wollte sie mir das gar nicht erzählen. Ich hatte den Eindruck, dass irgendetwas nicht stimmt; aber ich weiß nicht was."

Olga, die schweigend zugehört hatte, meinte lakonisch: „Spann deine Tante ein! Es geht ihr doch wieder besser. Vielleicht kann sie sich einen Termin in seiner Kanzlei geben lassen und ..."

Emma lachte. „Meine Tante braucht doch keinen Anwalt."

„Ein Testament!", entfuhr es Olga. „Das ist es!"

Emma sah sie ungläubig an. „Was meinst du mit Testament?", fragte sie unsicher.

„Deine Tante soll sich erkundigen, ob sie in seiner Kanzlei ein Testament machen kann", erklärte Olga ungeduldig.

„Ach, jetzt verstehe ich was du meinst! Gar kein schlechter Gedanke. Aber wie soll sie was über ihn rauskriegen?"

„Deine Tante ist in solchen Sachen sehr geschickt. Sie wird schon das Richtige machen. Du musst sie vorher aber auch in unseren Plan einweihen."

Zweifelnd sah Emma ihre Freundin an. „Was du dir immer ausdenkst, Olga. Das kann gar nicht gut gehen", sagte sie. Olga aber beharrte auf ihrem Plan und so musste ihr Emma versprechen, mit ihrer Tante darüber zu reden.

Am Abend saß Emma bei ihrem Schreibtisch und begann, die wichtigsten Fakten niederzuschreiben. Zu guter Letzt fügte sie noch das Wort „Testament“ und „Tante“ hinzu. Zufrieden legte sie sich schlafen.

18.

Am nächsten Tag war Olga guter Dinge. Sie war beim Bäcker und beim Fleischer gewesen und hatte dabei viele bekannte Gesichter getroffen. Man sprach natürlich über die schrecklichen Ereignisse der letzten Wochen.

„Herr Westend ist von einer Frau umgebracht worden", meinte die alte Serensen, „weil er über sie etwas wusste oder mit ihr ein Verhältnis gehabt hat, oder vielleicht hatte er in seiner Jugend etwas Kriminelles angestellt und wurde jetzt von seinem Komplizen umgebracht." Sie stockte um Atem zu holen. Das nutzt eine andere Frau, um ihre Meinung anzubrigen: „Vielleicht hat er Geld unterschlagen und man ist ihm draufgekommen."

„Dann hätte er sich aber selbst umbringen müssen, denn Selbstmord ist ausgeschlossen", meinte Olga lächelnd.

Die Männer hatten da schon ganz andere Vermutungen. „Vielleicht war er in einen Rauschgifthandel verwickelt und wollte damit aufhören", meinte bedeutungsvoll der Fleischer.

„So ein Unsinn!", sagte der Mann einer ihrer Bekannten. „Das wäre doch aufgefallen! Immerhin hätten sich zwielichtige Leute in unserem Dorf herumtreiben müssen. Außerdem vergisst du, dass Herr Westend ganz selten das Dorf verließ. Wie hätte er da mit Rauschgift handeln können?!"

Leicht beleidigt bediente der Fleischer eine Kundin und knurrte: „Du bist ein Besserwisser! Warum hilfst du der Polizei dann nicht, den Fall aufzuklären?"

Frau Serensen, die neben Olga stand und schweigend den Ausbrüchen beider Männer zugehört hatte, sagte plötzlich: „Er ist jeden zweiten Tag abends alleine weggefahren. Dabei war er aber immer sehr vorsichtig, doch ich habe ihn trotzdem gesehen."

„Quatsch", sagte der Fleischer, „was Sie schon gesehen haben wollen! Sie machen sich ja nur wichtig. Außerdem müssten Sie solche Beobachtungen auch der Polizei melden und haben Angst davor, dass man Ihnen dort genauso wenig glaubt wie wir es tun – stimmt's nicht?"

Entrüstet verließ die Alte die Fleischerei.

Über das Verschwinden von Wachtmeister Sanders wurde kein Wort verloren.

Olga brachte ihre Einkäufe nach Hause und nahm sich vor, am Nachmittag zum Friseur zu gehen. Nach dem Essen schrieb sie sich alles, was sie erfahren hatte, auf einen Notizblock. Dann zog sie ihren Mantel an und ging aus dem Haus. Langsam ging sie die Dorfstraße hinunter, als ihr plötzlich Sergeant Machat entgegenkam. Sie begrüßten sich freundlich. „Gibt es schon etwas Neues?", fragte Olga. „Haben Sie vielleicht Wachtmeister Sanders schon gefunden?"

„Das ist ja der reinste Überfall", lachte er. „Sanders ist noch nicht gefunden worden und wenn es etwas Neues geben würde, dürfte ich es Ihnen nicht sagen."

Sie kicherte. „Einen Versuch war es jedenfalls wert." Er tippte an die Mütze und ging Richtung Polizeistation weiter. Olga setzte ihren Weg zum Friseur fort.

19.

Lieselotte Rügen war Mitte 70 und noch recht rüstig. Ihre Zweizimmerwohnung lag im zweiten Stock eines Mietshauses in einer ruhigen Seitenstraße und war sehr geschmackvoll eingerichtet. Nun saß sie beim Fenster und wartete auf die Ankunft ihrer Nichte. Emma war die Tochter ihrer verstorbenen Schwester. Sie selbst war nie verheiratet gewesen und liebte ihre Nichte wie ihr eigenes Kind. Sie verstanden sich sehr gut. Emma hatte sie nur kurz angerufen und erklärt, dass sie heute schon kommen würde, um mit ihr etwas zu besprechen. Irgendwie klang sie aufgeregt, dachte die alte Dame.

Einige Zeit später saßen die beiden im Wohnzimmer. Emma erzählte von den Ereignissen der letzten Tage und über ihr Gespräch mit Olga. Verständnisvoll nickte Frau Rügen mit dem Kopf.

„Also, ich soll zu Friedmann in die Kanzlei gehen und ein neues Testament machen. Glaubst du, dass ich etwas über ihn in Erfahren bringen kann?"

Emma zuckte mit den Achseln. „Du hast es doch immer geschafft, Geheimnisse in Erfahrung zu bringen. Ich erinnere mich noch sehr gut an meine Kindheit. Nicht einmal Mutter konnte etwas vor dir verbergen. Diese Gabe hast du sicherlich noch. Es ist ja auch möglich, dass alles mit rechten Dingen bei Friedmann zugeht, aber mein Gefühl sagt mir etwas anderes."

Frau Rügen stand auf und holte aus der Lade in der Vitrine ein Duplikat ihres Testamentes. „Du kennst ja mein Testament. Es ist sehr einfach, da du ja meine einzige Verwandte bist. Was soll ich also deiner Meinung nach ändern?"

Emma überlegte. „Es muss ein kompliziertes Testament sein, sonst gehst du ja nur ein einziges Mal hin, und damit erfahren wir zu wenig. Du brauchst also dazu viele Verwandte." „Das muss ich mir alles noch einmal gründlich überlegen", antwortete Frau Rügen.

Bald hatten sie die wichtigsten Punkte niedergeschrieben. „Das müsste jetzt aber genügen", sagte Frau Rügen befriedigt. „Ich werde mir morgen telefonisch einen Termin vereinbaren."

Emma verabschiedete sich, mit einem herzhaften Kuss. „Du bis die Beste, Tante", sagte sie, „aber sei ja auf der Hut!"

„Ich weiß schon, was ich zu tun habe", erwiderte Tantchen.

20.

In der Zwischenzeit saß Olga beim Friseur. Das Lehrmädchen wusch ihr das Haar und plauderte munter drauflos.

„Wie geht es Ihnen heute, Frau Lechner? Haben wir nicht einen wunderschönen Herbsttag?" „Mir geht es gut", antwortete Olga etwas zynisch, „und wir haben tatsächlich einen schönen Tag – bis auf letztes Wochenende, wo es doch so fürchterlich regnete und außerdem war es sehr kühl für diese Jahreszeit."

„Das stimmt, wir mussten zu Hause sogar schon heizen, so kalt war es", sagte Renate. „Was halten Sie von den schrecklichen Dingen, die in unserem Dorf passieren?", fragte sie weiter. Gedankensprünge hat das Mädchen, dachte Olga bei sich; laut aber sagte sie: „Ja, es ist wirklich schlimm, aber kein Mensch weiß etwas darüber und die Polizei schweigt sich aus."

„Vielleicht wissen die auch noch gar nichts", kam prompt die Antwort von Renate. Olga nickte zustimmend. Renate trocknete ihr das Haar und führte sie zu einem anderen Platz. Freundlich fragte sie: „Wollen Sie vielleicht etwas trinken?"

„Ja bitte, vielleicht eine Tasse Tee", erwiderte Olga. Renate verschwand in die angrenzenden Privaträume des Friseurgeschäftes.

Frau Brendl, die Chefin des Salons, kam lächelnd auf

Olga zu und begrüßte sie überschwänglich. „War Renate schon wieder neugierig?", fragte sie.

„Na ja, wie halt junge Mädchen so sind", erwiderte Olga. „Sie wollte nur wissen, was ich von dem Mord und dem Verschwinden unseres Wachtmeisters halte."

„Ja, und?", fragte auch Frau Brendl neugierig.

„Ich weiß nicht recht", erwiderte Olga, „aber vielleicht wissen ja Sie etwas Neues."

Frau Brendl beugte sich über Olga und flüsterte ihr ins Ohr: „Ich weiß nur, dass die Polizei alle Bewohner unseres Dorfes unter die Lupe nimmt und sogar in deren Vergangenheit wühlt."

„Tja", sagte Olga, „da wird manches ans Tageslicht kommen, das manchen Menschen sehr unangenehm sein wird."

Frau Brendl bejahte und begann, Olgas Haar einzudrehen. Renate brachte den Tee und verschwand wieder im hinteren Teil des Salons. Frau Brendl erzählte nun, dass „die Neue" auch schon im Geschäft gewesen war und eigentlich einen sehr netten Eindruck machte. „Außerdem hat sie gefärbtes Haar und falsche Fingernägel", erklärte sie etwas schockiert.

„Das ist aber kein Verbrechen, oder?", erwiderte Olga.

„Natürlich nicht, aber ich finde es typisch für Städter. Sie ziehen von der Stadt aufs Land und wollen dabei auch weiterhin ihren Komfort haben. Aber bei uns ist das nicht so leicht. Ich kann mit falschen Nägeln nichts anfangen –

also muss sie schon in die Stadt fahren, damit man ihr die abgebrochenen Nägel wieder neu macht."

„Abgebrochene Nägel!", echote Olga.

„Na ja, nur zwei von der linken Hand sind kaputt", erwiderte Frau Brendl. „Die Neue hat mir erzählt, dass sie im Garten irgendeine Pflanze hochbinden wollte und dabei seien ihr eben die Nägel abgebrochen."

Olga musste lachen. „Die 'Neue', wie Sie sagen, heißt Julia Friedmann und sie hat ja einen riesengroßen Garten; da kann so etwas schon passieren – nicht nur bei falschen Fingernägeln!" Frau Brendl gab keine Antwort und zog einen Schmollmund. Sie setzte Olga unter die Trockenhaube, gab ihr eine Zeitung zum Lesen und verschwand ebenfalls im hinteren Teil des Salons.

21.

Emma kam erst am späten Nachmittag aus der Stadt zurück, zog sich um und ging mit Struppi langsam zum Waldrand. Voll Freude lief der Hund den Weg entlang, sprang im Feld umher, verschwand in Gebüschen und kam bellend wieder hervor. Er sprang an Emma hoch und lief dann wieder davon. Das Wetter war herrlich: blauer Himmel, ein lauer Wind rauschte durch die Bäume. Sie dachte über das Gespräch mit ihrer Tante nach und nahm sich vor, Olga anzurufen und ihr davon zu erzählen.

Sie wurde vom Bellen des Hundes aus ihren Gedanken gerissen. Er lief in den Wald, dann kam er wieder bellend und schwanzwedelnd auf sie zu. Sein Benehmen kam ihr auf einmal sonderbar vor und so folgte sie ihm. Struppi blieb bei einer Vertiefung im Waldboden stehen und begann, im Laub, das am Boden lag, zu scharren; dabei brummte und winselte er. Emma zog ihn am Halsband zurück und redete auf ihn ein: „Da ist doch nichts! Höchstens ein Hase du Dummkopf.“ Kaum ließ sie ihn aber los, stürzte er wieder zum gleichen Platz und scharrte weiter.

Sie ging nun näher an die Senke heran und versuchte, mit den Händen die Blätter vom Boden zu entfernen. Erschrocken sprang sie in die Höhe: ein Arm kam unter den Blättern zum Vorschein. Mit einem Stock entfernte sie weitere Blätter und sah plötzlich in Sanders totes Gesicht. Einige Augenblicke stand sie regungslos da und starrte auf

das Gesicht. Als sie sich wieder gefasst hatte, lief sie schnell zum Haus zurück und rief die Polizei an.

Als die Mordkommission mit ihren Untersuchungen im Wald fertig war, musste Emma noch einmal alles genau beschreiben. Dr. Bellinger hatte ihr ebenfalls schweigend zugehört und bot ihr ein Beruhigungsmittel an. „Das brauche ich nicht; es geht mir gut“, bedankte sie sich.

Mittlerweile war es dunkel geworden und Emma ging in der Küche auf und ab. Sie dachte an die Unterhaltung mit Olga. Was steckt dahinter? Was war das für ein

Mensch, der so etwas tun konnte – und vor allem: warum? Die beiden Morde standen sicherlich im Zusammenhang. Westend wurde wahrscheinlich beraubt, aber vielleicht wollte der Täter dadurch den wahren Grund verschleiern. Sanders vermutete oder wusste sogar, wer den Mord begangen hatte und wurde deshalb zum Schweigen gebracht. Über das Motiv dachte sie noch eine Weile nach, aber es gelang ihr nicht mehr, logisch zu denken; sie fühlte sich plötzlich sehr müde und ging zu Bett.

22.

Schlechtgelaunt saß Kommissar Heller beim Schreibtisch, sah auf den Stoß Unterlagen vor sich und knurrte: „Sanders, dieser Trottel, wollte sicherlich auf eigene Faust handeln." Er war überzeugt, dass Sanders etwas Wichtiges in den Unterlagen gefunden hatte. Der Gerichtsmediziner hatte festgestellt, dass der Wachtmeister ebenfalls erstochen wurde und schon seit mehr als einer Woche tot war. Heller glaubte zwar nicht daran, dass man das verschwundene Buch finden würde, er hatte aber trotzdem bereits Anweisung gegeben, die Umgebung danach abzusuchen. Die Befragung der Bevölkerung hatte, wie schon bei Westend, nichts ergeben. Keiner wusste, wo Sanders hingegangen war und man hatte ihn auch nicht mehr gesehen. Aus den Nachforschungen über bestimmte Personen ergaben sich keine neuen Anhaltspunkte. Heller war sehr missmutig und wollte eben nach einem seiner Sergeanten brüllen, als Gregori bereits in der Tür stand und ihm eine Tasse Kaffee brachte. Er wusste, immer, wenn sein Chef schlechte Laune hatte, half ihm ein starker Kaffee darüber hinweg. Heller knurrte ein leises Dankeschön. Genüsslich schlürfte er das schwarze Gebräu. Er wollte ungestört sein und schickte Gregori hinaus. Er ging die Protokolle über die Aussagen der Dorfbewohner nochmals gründlich durch. Auch die Unterlagen aus dem Postamt nahm er sich nochmals vor. Der einzige Zeuge K., der den

Wachtmeister, vor seinem Verschwinden gesehen hatte, gab zu Protokoll, dass dieser guter Laune gewesen war und ein großes Buch unterm Arm trug. Leider war das alles, was der Zeuge aussagen konnte, da er selbst in Richtung seines Hauses ging und den Wachtmeister nicht weiter beachtete. Heller überprüfte nun auch noch die Aussage von Hilda, aber auch hier war nichts Aufschlussreiches zu finden. Er machte sich noch einige Notizen in sein kleines Büchlein, dann verließ er die Polizeistation.

23.

Olga sah Emma triumphierend an. „Was habe ich dir gesagt! Sanders hatte etwas entdeckt und wurde deshalb auch abgemurkst."

Über die Ausdrucksweise ihrer Freundin musste Emma herzlich lachen, wurde aber sofort wieder ernst und erwiderte: „Ja, man verdrängt zuerst solche Gedanken, aber dann ..."

Olga verstand, was Emma meinte. „Vielleicht wusste Wachtmeister Sanders schon, wer der Mörder ist und wollte auf eigene Faust handeln. Das war aber sehr ungeschickt von ihm. Wenn er dem Kommissar seinen Verdacht mitgeteilt hätte, so würde er noch leben."

Emma nickte bestätigend mit dem Kopf. „Also, erzähl mir, was du aus deinen Verhören mit den Leuten herausbekommen hast", fragte sie verschmitzt.

Olga stand auf, holte ihren Notizblock aus der Schreibtischschublade und begann, vorzulesen. Nachdem sie geendet hatte, meinte Emma beunruhigt: „Reine Vermutungen, nichts Konkretes. So kommen wir auch keinen Schritt weiter." Energisch nahm sie ihrer Freundin den Notizblock aus der Hand und las alles nochmals durch.

Olga schnaubte: „Glaubst du, dass du es besser kannst als ich?"

„Nein, den Eindruck wollte ich ja gar nicht erwecken", sagte Emma lächelnd, „aber oft liest man etwas, das dem

Schreiber selbst gar nicht auffällt, dem Leser aber doch."

„Und ist dir etwas aufgefallen?", fragte Olga neugierig.

Emma war unsicher geworden. „Aufgefallen ist mir eigentlich nichts, aber die Reihenfolge, in der du deine Notizen gemacht hast, ist eigenartig."

„Na, wenn du das so siehst, dann ist es in Ordnung."

„Du hast mir auch noch nicht alles erzählt. Was war bei deiner Tante?", fragte Olga neugierig.

Emma erzählte, was sie mit ihrer Tante vereinbart hatte und wie Struppi die Leiche fand, dass sie selbst einen Riesenschreck bekam und die Befragung durch die Polizei sehr langwierig und unangenehm gewesen war. Beide hofften darauf, dass Tantchen etwas Licht in die Angelegenheit bringen könnte.

24.

Lieselotte Rügen sah sich im Wartezimmer der Kanzlei Friedmann um. Es gab große, gemütliche Fauteuils, die um einen Tisch standen. An der Wand hingen einige wirklich schöne Bilder. In einer Ecke befand sich eine chinesische Bodenvase mit Kunstblumen. Eine Angestellte hatte ihr den Mantel abgenommen und ihr Kaffe oder Tee angeboten. Frau Rügen entschied sich für eine Tasse Tee. Als die Angestellte den Tee brachte, fragte Frau Rügen: „Wie ist Herr Friedmann so?"

Die Angestellte erklärte höflich, ihr Chef sei ein sehr netter Mensch und ein sehr berühmter Strafverteidiger. „Kann man bei ihm auch Testamente machen?", fragte sie noch.

„Natürlich, gnädige Frau. Sie brauchen sich also keine Sorgen zu machen."

„Wird es lange dauern, ein Testament aufzusetzen?", fragte Frau Rügen.

„Das kommt ganz darauf an, für wen Sie das Testament errichten, was Sie vererben wollen und ob Sie vielleicht nach der Erstfassung des Testamentes eine Änderung wünschen", wurde ihr von der Angestellten erklärt.

„Und wird es sehr teuer werden?", fragte Frau Rügen weiter.

Die Angestellte wurde unruhig und sagte: „Das kommt wiederum auf das Vermögen an, das Sie vererben."

„Danke für ihre Auskunft", erwiderte Frau Rügen und machte es sich in einem Fauteuil bequem. Ein wenig aus der Fassung habe ich das Mädel schon gebracht, aber immerhin bin ich eine alte Dame und alte Damen fragen eben viel, dachte sie und lächelte verschmitzt.

Nach einiger Zeit kam das junge Mädchen aus dem angrenzenden Zimmer und bat sie, ihr zu folgen. Der Anwalt kam ihr entgegen und schüttelte ihr die Hand. Er bot ihr einen Stuhl an und sie setzten sich.

„Nun Frau Rügen, Sie wollen also ein Testament machen?", fragte Friedmann.

Sie bejahte und sah ihn dabei neugierig an. „Ich weiß gar nicht wie so etwas funktioniert und da ich vermögend bin und viele Verwandte habe, wollte ich mir vorerst von Ihnen einen Rat holen."

„Zuerst sollten Sie wissen", begann er zu erklären, „wem Sie von Ihren Verwandten etwas vermachen wollen, wie hoch die Summe sein oder was er an Sachgütern erben soll."

„Das ist ja das Problem", antwortete sie lächelnd. „Ich habe nur lauter nette Verwandte und ich habe mir sehr oft darüber den Kopf zerbrochen, wer mein Geld bekommen soll, mein Haus und die Einrichtung, meinen Schmuck ..., – na, Sie wissen schon, was ich meine."

„Ja", sagte er gedehnt, „vielleicht können wir zuerst eine Liste Ihrer Verwandten machen und Sie bestimmen dann, wie die Verteilung Ihres Vermögens aussehen soll."

Gc Serg 200

Frau Rügen zählte ihre Verwandten auf. Bald darauf waren sie in ein Gespräch über ihr Leben verwickelt, da sie zu jedem Verwandten eine Geschichte wusste. Friedmann war so ins Gespräch vertieft, dass ihm gar nicht auffiel, wie Frau Rügen ihm ebenfalls seine privaten Angelegenheiten entlockte. Er verstand die alte Dame gut und im Stillen bemitleidete er sie, da sie ja wirklich an jedem einzelnen Verwandten zu hängen schien. Nach einer Weile kehrten seine Gedanken in die Realität zurück. Er erhob sich abrupt, um Frau Rügen zu verabschieden.

Er reichte ihr die Hand. „Machen Sie sich keine Sorgen, gnädige Frau, wir werden eine gute Lösung finden. Zuerst werde ich einen Entwurf ausarbeiten und Sie können ihn nach Gutdünken ändern. Ich werde Sie wissen lassen, wann der Entwurf fertig ist."

Honigsüß lächelte sie ihn an und hauchte ein „Dankeschön". Sie verließ die Kanzlei und marschierte zufrieden zu ihrem Taxi, das von der Angestellten für sie gerufen worden war.

Friedmann blieb in Gedanken versunken beim Schreibtisch sitzen. Die Art der alten Dame hatte ihn etwas verwirrt. Wie hat sie es nur geschafft, ihn über sein Privatleben auszufragen? Bisher war es niemandem gelungen, derartige Details über ihn zu erfahren; sogar seine Frau wußte nicht alles über ihn – der alten Dame aber hatte er ohne mit der Wimper zu zucken erzählt, wie sein bisheriges Leben verlaufen war, wo er und seine Familie jetzt wohnten, usw. Er musste lächeln: irgendwie erinnerte sie ihn an seine geliebte Tante Elsbeth. Schon als Kind konnte er ihr nichts verheimlichen. Mit einer raschen Bewegung wischte er die Gedanken fort und konzentrierte sich wieder auf seine Arbeit.

Frau Eislich, seine langjährige Sekretärin klopfte und betrat dann das Zimmer. Er gab ihr einige Unterlagen und erklärte ihr, dass diese vorrangig zu bearbeiten wären. Sie nickte. Beim Hinausgehen drehte sie sich nochmals zu ihm um und erinnerte ihn an einen Termin, den er selbst mit einem Klienten ausgemacht hatte. Er nickte nur mit dem Kopf. Er ist in letzter Zeit so zerfahren und vergesslich, dachte sie; vielleicht hat er private Sorgen, oder dieser neue Klient macht ihm Sorgen. Eigentlich wusste sie nur dessen Namen; worum es sich handelt, wusste sie nicht und darüber hatte ihr Chef auch nicht mit ihr gesprochen. Sie fand das sehr ungewöhnlich, dachte aber bald nicht mehr daran.

Frau Eislich wollte eben die Kanzlei verlassen, als sie mit einem Mann zusammenstieß, dessen Gesicht durch den Hut und den hochgestellten Mantelkragen verdeckt war. Er gab nur eine gemurmelte Entschuldigung von sich und nannte seinen Namen. „Herr Friedmann wartet schon. Sie können gleich zu ihm hineingehen", erwiderte Frau Eislich. Er nickte und ging wortlos an ihr vorüber. Ein unsympathischer Mensch, dachte sie bei sich.

25.

Frau Rügen hatte Emma und Olga zu sich eingeladen. Nun saßen die drei Grazien im gemütlichen Wohnzimmer und tranken Kaffee. Emma seufzte, denn Tantchen erzählte wieder einmal Geschichten von früher, die sie schon auswendig kannte. Eigentlich wollte sie, dass Tantchen vom Besuch beim Anwalt erzählte, aber die ließ sich nicht unterbrechen und so mussten sie und Olga ihre Neugierde noch etwas zügeln. Tantchen war eben bei einer Schiffsreise in der Karibik angelangt und erzählte, wie sie seekrank geworden war und wie eine ihrer Mitreisenden ihr half, damit sie nicht immer in ihrer Kabine bleiben musste und

auch wieder essen konnte. Olga und Emma wechselten von Zeit zu Zeit Blicke, fügten sich aber in das Unvermeidbare. Sie wussten, dass Tantchen sich immer über Besuch freute; da konnte sie einige Erlebnisse, die für sie nun einmal wichtig waren, erzählen.

Als sie ansetzte, noch eine andere Geschichte zu erzählen, fiel ihr Emma doch ins Wort. „Tantchen, wir sind doch schon so gespannt, was du uns über Herrn Friedmann zu erzählen hast. Deine Geschichten kennen wir doch schon." Olga nickte zustimmend.

Frau Rügen sah beide etwas beleidigt an. Dann lachte sie herzlich, so dass die Tränen über ihre Wangen liefen. Emma und Olga starrten sie zuerst verständnislos an, doch dann mussten sie ebenfalls lachen.

„Was ist nun? Erzählst du uns jetzt endlich, was du aus ihm rausgeholt hast?", fragte Emma.

„Na schön, von mir aus. Aber wo soll ich nur anfangen?", fragte Tantchen verschmitzt.

„Beim Anfang", erwiderte Olga trocken.

„Also, in der Kanzlei wurde ich sehr höflich behandelt. Ich bekam sogar eine Tasse Tee. Das Wartezimmer ist sehr gemütlich eingerichtet. Es hängen wirklich gute Bilder an der Wand."

„Ja, ja, erzähl doch bitte nur das Wesentliche", bat Emma.

„Na schön, na schön. Bevor ich also in das Allerheiligste gebracht wurde, fragte ich das junge Mädchen aus, ob

Herr Friedmann nett sei und was er so für Fälle übernimmt. Das Mädchen gab mir bereitwillig Auskunft, später allerdings, als meine Fragen unangenehm wurden, trollte sie sich in ihr Zimmer.

Friedmann ist ein großer hagerer Mann, ich schätze so an die fünfzig. Durch die dunklen, buschigen Augenbrauen wirkt er ein bisschen unheimlich. Ich habe ihm meine Geschichte von den vielen Verwandten erzählt. Dass ich an jedem einzelnen von ihnen sehr hänge und es für mich so schwer wäre, ein Testament zu machen. Er tröstete mich und ich hatte das Gefühl, dass er mich wirklich verstand. Im Laufe des Gespräches, bei dem ich natürlich alles übertrieb, erzählte er mir auch etwas über sich."

Emma unterbrach sie: „Typisch Tantchen, alle Leute erzählen dir ihr Leben."

Frau Rügen sah sie strafend an. „Du hast es mir doch aufgetragen, dass ich etwas herausbekommen soll."

„Ja, ja, ist schon gut", lachte Emma. „Erzähl bitte weiter."

„Nun ja, viel ist es nicht, aber er erzählte mir, dass er als junger Bursche sein Studium mit den verschiedensten Arbeiten selbst finanzieren musste und aus dieser Zeit noch viele Freunde hat. Allerdings sind auch einige darunter, die ihr Studium nicht abgeschlossen haben. Trotzdem wurde der Kontakt zu ihnen nie abgebrochen und ein oder zwei von ihnen werden durch ihn heute sogar anwaltlich vertreten. Seine Frau lernte er auf einer Urlaubsreise kennen. Beide mussten zu Beginn ihrer Ehe sehr sparsam leben. Sein Bruder und seine Schwägerin sind vor Jahren bei einem Autounfall ums Leben gekommen. Er und seine Frau kümmern sich seither um deren Kind, das sehr krank ist. Gott sei Dank hatte sein Bruder ein Testament gemacht und so wäre die Zukunft seines Neffen gesichert. Seine Frau fand ein reizendes Haus auf dem Land, das sie aber erst seit kurzer Zeit bewohnen können. Seinen Kindern gefiele es sehr gut; sie haben frische Luft und einen großen Freiraum zum Herumtoben. Seine beiden Söhne sind allerdings die ganze Woche über im Internat. Abschließend meinte er noch, wie wichtig es sei, dass man ein Testament richtig aufsetzt, damit die Verwandtschaft die Gerichte nicht mit angefochtenen Testamenten überhäuft."

„Hat er sonst noch etwas erzählt?", fragte Emma.

Tantchen wurde etwas nachdenklich und meinte: „Als er von seiner Studienzeit sprach und über seine Freunde von damals, hatte ich das Gefühl, dass er sich über irgend etwas Gedanken machte – aber es war nur so ein Gefühl. Ich wollte auch nicht weiter fragen; es wäre doch unhöflich gewesen. Es war eigentlich ein angenehmer Nachmittag. Er hat mir versprochen, einen Entwurf des Testamentes zu machen."

„Es ist doch möglich, dass einer seiner ehemaligen Freunde ein Gangster und Friedmann sein Anwalt ist", murmelte Olga vor sich hin. Emma und Tantchen nickten.

„Ein so bekannter Anwalt mit einem Gangster als

Freund? Eigentlich undenkbar, aber man kann ja nie wissen. Wir müssten mehr über seine Vergangenheit erfahren können", sagte Emma.

„Hat Friedmann irgendwelche Namen genannt?", fragte Olga.

Frau Rügen überlegte. „Einen Vornamen hat er schon gesagt; aber wie soll man einen Menschen finden, wenn man nur seinen Vornamen kennt?"

Emma war der Meinung, dass Tantchen nochmals zu Friedmann gehen müsse; nur so wäre es möglich, Näheres über diesen Freund zu erfahren. Vielleicht könnte man auch durch seine netten Angestellten mehr über ihn selbst herausbringen.

„Wenn man wüsste, an welcher Universität er studiert hat! Dann würde man sicherlich leichter etwas über seine Freunde in Erfahrung bringen können", meinte Olga.

„Das ist eine sehr gute Idee", erklärte Emma. Frau Rügen pflichtete ihr bei.

26.

Kommissar Heller hatte nun doch einen dunklen Punkt im Leben von Herrn Westend gefunden. Er war darüber sehr überrascht, denn so wie die Leute hier im Dorf über ihn sprachen, musste er ein untadeliges Leben geführt haben. Trotzdem: Jungendsünden kommen immer ans Tageslicht, dachte er und vertiefte sich wieder in den Bericht. Westend war als junger Mann an einem Bankraub beteiligt gewesen und zu 5 Jahren, seine Komplizen Kessler und Fobisch zu je 10 und 15 Jahren Gefängnis verurteilt worden. Damals war ein Wachebeamter erschossen worden; Kessler hatte zugegeben, auf den Beamten geschossen zu haben. Da Westend bis zu diesem Zeitpunkt ein unauffälliges Leben geführt hatte, bekam er nur 5 Jahre. Allerdings wurde das Geld, welches das Trio gestohlen hatte, nie gefunden. Kessler war im Gefängnis gestorben und Fobisch nach 8 Jahren wegen guter Führung frühzeitig entlassen worden. Er wurde durch die Polizei über mehr als zwei Jahre hinweg beschattet. Man konnte aber auch durch ihn das Geld nicht finden. Fobisch arbeitete nach dem Gefängnisaufenthalt bei einer Baufirma und führte ein sehr bescheidenes, aber tadelloses Leben.

Na, dann hat eben Westend das Geld gehabt und so viele Jahre lang versteckt gehalten, dachte Heller. Wahrscheinlich standen die zwei Männer in ständigem Kontakt miteinander. Er würde Fobisch gründlich verhören. Andererseits, überlegte Heller, könnte auch noch jemand anderer über die ganze Angelegenheit Bescheid gewusst haben. Wir müssten nur genauere Nachforschungen anstellen. Auch den Anwalt, der damals das Trio verteidigt hatte, wollte er befragen. Möglich, dass er ihm weiterhelfen konnte.

Die Nachforschungen über die Einzahlung von Friedmann waren ergebnislos geblieben. Den Empfänger gab es nicht und trotzdem war das Geld verschwunden. Die Angaben der befragten Bankbeamten über den Mann, der das Geld behoben hatte, brachten ihn leider auch nicht weiter.

Vielleicht stehen die beiden Dinge im Zusammenhang, dachte Heller. Aber was hätte das mit Sanders zu tun? Er konnte sich nicht vorstellen, dass Sanders mehr wusste als er bisher selbst schon in Erfahrung gebrachte hatte – und trotzdem! Einige Bewohner hatte Heller nochmals vernommen und es war ihm wieder erzählt worden, was sich am Abend vor Sanders Verschwinden im Dorfgasthaus abgespielt hatte.

Olga Lechner erzählte ihm über die Unterhaltung beim Fleischer und dass eine alte Frau beobachtet haben wollte, wie Westend heimlich das Haus verließ. Bei dieser Aussage hatte sich damals keiner etwas gedacht, da die alte Frau als geschwätzig beschrieben worden war; aber jetzt war diese Tatsache doch von größter Bedeutung. Er würde sich aber erst später mit der alten Frau befassen; zuerst hatte er andere wichtige Dinge zu erledigen.

27.

Emma und Olga schlenderten durch die Straßen und blieben hin und wieder vor einer Auslage stehen. Emma wollte sich einen neuen Hut kaufen, Olga war auf der Suche nach einer neuen Bluse. Sie wollten eben ins Einkaufszentrum gehen, als sie mit Kommissar Heller und Sergeant Gregori zusammenstießen. Heller sah richtig mürrisch aus und nickte nur mit dem Kopf, als er die beiden Frauen sah.

„Komisch, wie sich der benimmt!“, meinte Olga. Emma zuckte mit den Schultern. „Er hat ja auch viel um die Ohren; Verbrecher schlafen nie“, erwiderte sie. Die beiden Freundinnen starrten den Polizeibeamten eine Weile nach und gingen dann langsam weiter.

Plötzlich blieb Olga stehen. „In der nächsten Straße ist die Kanzlei von Friedmann. Vielleicht hat er den Anwalt aufgesucht und wollte ihm die beiden Morde unterjubeln“, murmelte sie. Emma musste lachen. „Was du dir so ausdenkst!“

Sie zog Olga in die Passage des Einkaufszentrums. Sie ließen sich an einem kleinen Tisch im Kaffeehaus nieder und bestellten Tee. „Ob wir hinschauen sollten?“, fragte Olga. „Wohin sollen wir schauen?“, fragte Emma verblüfft. „Na, zur Kanzlei! Vielleicht erfahren wir etwas.“ „Blödsinn! Niemand wird uns etwas erzählen!“, sagte Emma bestimmt. „Du hast ja Recht“, meinte Olga. „Wir müssen

eben warten, bis deine liebe Tante wieder bei Friedmann war – und außerdem möchte ich doch bald nach Hause. Mir tun schon die Füße weh." Emma nickte verständnisvoll. Schweigend tranken sie ihren Tee aus.

„Wann gehst du wieder zu Julia Friedmann?", fragte Olga neugierig. „Ich weiß nicht genau, aber in den nächsten Tagen, schätze ich", gab Emma zur Antwort. Sie blickte zur Decke empor und sagte: „Weißt du, es kommt mir vor, als wären wir zwei Spione. Sogar meine Tante soll für uns schnüffeln." „Na und?", erwiderte Olga. „Können wir jetzt endlich nach Hause fahren?"

Die beiden Frauen gingen langsam plaudernd in Richtung Parkplatz, wo Emma ihren Wagen geparkt hatte.

28.

Das Telefon klingelte. Frau Rügen ging zum Apparat und hob den Hörer ab. Es meldete sich die Kanzlei Friedmann. Frau Eislich erklärte ihr, dass das Testament im Entwurf fertig wäre und dass sie gerne einen Termin mit ihr vereinbaren würde. „Das ging aber schnell!“, sagte Tantchen. „Wann soll ich denn in die Kanzlei kommen? Und wird dann auch ihr Chef anwesend sein?“ Frau Eislich bot ihr einige Termine an. Sie bejahte, dass auch Herr Friedmann anwesend sein würde. Sie vereinbarten einen Termin für Donnerstag. Damit war das Gespräch beendet.

Frau Rügen ging im Zimmer auf und ab, dann griff sie nach dem Telefon und wählte die Nummer ihrer Nichte. Ganz atemlos hob nach einer Weile Emma ab. „Ja, was gibt es?“, sagte sie schroff. „Ist irgendetwas los?“ Tantchen erzählte ihr, dass soeben die Kanzlei Friedmann angerufen und sie einen neuen Termin vereinbart hatte, da der Testamentsentwurf schon fertig wäre. „Das ist ja großartig!“, meinte Emma. „Vielleicht kannst du Friedmann wieder etwas entlocken!“ Tantchen war nicht davon überzeugt, versprach aber ihr Bestes zu tun. Sie verabschiedeten sich.

Sofort rief Emma Olga an und berichtete ihr von dem eben geführten Gespräch mit ihrer Tante. „Wir sollten uns noch vor diesem Termin deiner Tante sehen“, sagte Olga heftig. „Ich habe mit einigen Nachforschungen Glück gehabt, aber am Telefon will ich dir darüber nichts erzählen.

Wann kannst du kommen?“ Emma überlegte kurz. „Ich komme in einer Stunde. Ist dir das Recht?“ Olga bejahte. „Also dann, bis später!“

29.

Kommissar Heller saß in einem schmutzigen, altmodisch eingerichteten Wohnzimmer und wartete, bis Frau Serensen mit dem Tee kam. Die alte Frau hatte behauptet – und viele Leute hatten das gehört –, dass Herr Westend des öfteren spät abends noch weggefahren und einige Male erst wieder in der Morgendämmerung nach Hause gekommen wäre. Die Leute aus dem Dorf nannten sie eine alte Spinnerin und die jungen Leute behaupteten, sie sei eine Hexe. Heller wusste nicht, was er glauben sollte. Aber, wenn Frau Serensen die Wahrheit sagte, dann ...

Nun kam die alte Frau mit einem Tablett ins Zimmer und stellte es vor Heller ab. Er war überrascht, denn so schmutzig der Raum auch war, das Geschirr glänzte und die Kekse sahen wirklich appetitlich aus. Sie setzte sich und schenkte den Tee in die Tassen. Mürrisch fragte sie ihn, ob er Zucker und Milch wolle. Er lehnte dankend ab. Sie lehnte sich zurück und starrte ihn an. Nachdem er einige Minuten gewartet und einen Schluck von dem köstlichen Tee genommen hatte, begann Heller zu reden.

„Frau Serensen, Sie geben im Protokoll an ..."

Barsch unterbrach sie ihn. „Ich weiß, was ich zu Protokoll gegeben habe. Ich weiß auch, dass mich die Leute hier im Dorf meiden. Was ich gesehen habe, das habe ich gesehen und ich bleibe dabei. Er war kein so guter Mensch, wie alle anderen behaupten, der Westend. Ja, bei uns im Dorf haben ihn alle geschätzt, weil er so ein sittsames Leben geführt hat, aber in der Nacht ist er heimlich fortgefahren und ich habe es gesehen. Vielleicht finden Sie doch noch jemanden, der meiner Ansicht ist, aber ich glaube nicht. Mir glaubt ja sowieso kein Mensch. Alle halten mich für eine Tratschtante oder gar eine Hexe – es ist mir auch egal; aber was ich gesehen habe, habe ich gesehen."

Heller unterbracht sie. „Ja, das sagten Sie schon. Eine Frage hätte ich allerdings doch noch: Haben Sie auch zufällig gesehen, wann und wohin Wachtmeister Sanders gegangen ist?" Eine Weile war es ruhig, dann sagte sie: „Gesehen habe ich ihn schon, und zwar kam er mit einem großen Buch unter dem Arm aus der Polizeistation. Ich habe ihm auch eine ganze Weile nachgesehen. Er ist in Richtung Ortsgrenze gegangen und summte dabei ein Liedchen. Wohin er gegangen ist, kann ich nicht sagen; ich habe mich dann nicht mehr darum gekümmert."

Heller stand auf, bedankte sich für den Tee und lobte die guten Kekse. Er verabschiedete sich und ging langsam und nachdenklich Richtung Polizeistation.

30.

Emma fragte Olga, nachdem sie ein großes Stück Kuchen in den Mund gesteckt hatte: „Was hast du bei deinen Nachforschungen erfahren?"

Olga erklärte: „Mein Mann hat doch seinerzeit die Leihbibliothek bei der Universität geleitet. Aus dieser Zeit kenne ich die Frau eines seiner damaligen Angestellten. Sie ist zwar schon sehr alt, doch hat sie ein Gedächtnis wie ein Elefant. Ich habe sie einfach angerufen und wurde prompt von ihr zum Tee eingeladen. Wir plauderten über dies und jenes, unter anderem auch über die Zeit in der Bücherei. Ich sage dir, die kann Geschichten erzählen! Dann habe ich so nach und nach meine Fragen gestellt. Sie konnte sich doch tatsächlich noch an den jungen Friedmann und seine Freunde erinnern. Sie erzählte mir, dass er ein sehr guter Student mit angenehmen Manieren war. Einige seiner damaligen Freunde waren nicht so gute Studenten. Einer davon ist ein sehr berühmter Schauspieler geworden. Sie hat mir auch seinen Namen genannt, aber ich habe ihn mir nicht gemerkt. Dann erzählte sie mir, dass Friedmann jede Arbeit angenommen hatte, damit er sich das Studium leisten konnte. Seine Eltern waren arme Leute. Einige seiner Freunde hingegen waren aus reichen Häusern. Einer davon wurde damals von der Universität verwiesen; er hatte angeblich ein junges Mädchen vergewaltigt und wäre zu einigen Jahren Gefängnis verurteilt worden, hätten seine Eltern dem Mädchen nicht eine große Abfindung bezahlt. Wie seine Freunde hießen, daran konnte sie sich nicht mehr genau erinnern, aber der junge Mann, der von der Universität verwiesen wurde, hieß – glaubt sie – Roman Persich. Die anderen jungen Burschen waren eher unauffällig, lernten nichts und hatten alle eine Freundin. Sie machten allesamt die gleichen Lausbubengeschichten.

Weiter konnte sie mir nichts mehr erzählen, hat sich aber riesig gefreut, mit mir zu plaudern. Es war eine Abwechslung für sie.

Jedenfalls habe ich einen Privatdetektiv an diesen Persich angesetzt. Wir werden schon bald mehr über ihn wissen, ebenso wie alle anderen Freunde von Friedmann hießen, was sie jetzt machen und wo sie wohnen. Was sagst du nun?", fragte sie hinterlistig.

Emma lachte herzlich. „Du bist eine alte Schnüfflerin, wie meine Tante", meinte sie.

Entrüstet zog Olga die Lippen nach unten und klagte: „Ja, du wolltest doch, dass wir gemeinsam etwas aus der Vergangenheit von Friedmann erfahren. Jetzt unternehme ich etwas – und nun!?"

„Ist ja schon gut, ich habe es ja nicht böse gemeint", sagte Emma beschwichtigend. „Ob der Kommissar das auch schon alles weiß?", fragte sie nachdenklich.

Olga wackelte mit dem Kopf. „Vielleicht, vielleicht auch nicht."

„Schlafende Hunde soll man nicht wecken!“, sagte Emma plötzlich.

Ihre Freundin sah sie verständnislos an. „Was meinst du damit?“

„Nun ja, wenn wir etwas erfahren und vielleicht dann auch wissen, wer der Mörder ist, vielleicht weiß dann der Mörder auch, wer wir sind!“

„Unangenehm und beängstigend zugleich“, meinte Olga fröstelnd. „Aber wir erzählen doch alles der Polizei; da kann uns doch nichts passieren!“

Emma war nicht ihrer Meinung, hielt aber den Mund. Sie besprachen noch einige andere Möglichkeiten, die sie aber wieder verwarfen und Emma verabschiedete sich endlich, um nach Hause zu fahren.

31.

„Einen Traumjob habe ich mir ausgesucht!", brummte Privatdetektiv Gabler. Ein kleiner, drahtiger Mann mit gelblicher Gesichtsfarbe und einer Hakennase. Er saß in seinem Büro und kramte in einem Stapel Unterlagen. „Mit alten Weibern sollte man keine Geschäfte machen. Ich werde es sicherlich bereuen", knurrte er. Hin und wieder schüttelte er den Kopf, schrieb etwas auf einen Block und las weiter. Nach einiger Zeit stand er auf und ging in den angrenzenden Raum, um sich Kaffee zu machen; dabei murmelte er ständig vor sich hin. „Diese alte Schachtel hat mir doch tatsächlich eine sehr schwierige Arbeit aufgehalst! Ich weiß gar nicht, warum ich den Auftrag angenommen habe. Für die paar lausigen Kröten! Doch wenn ich Glück habe, dann könnte es ja der Fall meines Lebens sein. Die Zeitungen würden über mich berichten – das würde mein Geschäft etwas ankurbeln."

Knurrend ging er wieder zu seinem Schreibtisch zurück und setzte sich nieder. „Dieser Papierkram geht mir auf die Nerven", dachte er, „aber was sein muss, muss sein." Er hatte keinen Angestellten mehr und seine Sekretärin hat ihm wegen eines besser bezahlten Jobs gekündigt. Unter diesen traurigen Aspekten musste er nun wohl oder übel selbst die Sache ganz alleine durchziehen. Nachdem er seinen Kaffee ausgeschlürft hatte, stand er auf, streckte sich und seufzte: „Nun, dann wollen wir mal ...!" Er griff nach seinem Block und verließ das Büro, das er sorgsam abschloss.

32.

Julia Friedmann ging unruhig in ihrem Zimmer auf und ab. Sie konnte keinen klaren Gedanken fassen; ständig dachte sie an ihren Mann, der jetzt vom Kommissar vernommen wurde. Was sich der Kommissar eigentlich einbildete, ihren Mann zu vernehmen! Philipp wusste so ganz und gar nicht, was sich hier im Dorf abspielte. Woher sollte er es auch wissen – er war ja doch nie da. Die Leute kannte er nicht und außerdem hatte er sicherlich andere Probleme. Eigentlich kannte sie hier auch nicht viele Leute, überlegte sie, aber immerhin doch wenigstens einige. Sie blieb beim Fenster stehen und sah hinaus, doch sie sah nicht, dass sich die Blätter bereits bunt färbten und auch nicht, dass es eigentlich ein wunderschöner Herbsttag war.

Plötzlich klopfte es und die Haushälterin trat ins Zimmer, ohne eine Antwort auf ihr Klopfen abzuwarten. „Der Arzt ist gekommen", sagte sie. „Soll ich mit ihm zu Axel gehen?"

Julia fuhr erschrocken herum. „Oje! Ich habe ihn total vergessen! Ich werde persönlich mit dem Arzt sprechen."

Frau Weirich nickte nur mit dem Kopf und verließ das Zimmer. Stirnrunzelnd ging sie in die Küche und überlegte. „Irgendetwas stimmt in diesem Haus nicht. Sie ist so erschrocken, als ich ins Zimmer kam. – Ich sollte mir keine Gedanken machen. Sie wird es mir schon erzählen, wenn sie etwas bedrückt. Den Kindern geht es gut, ihr Mann ist nie da – was soll sie also für Sorgen haben? Den Haushalt führe ich sehr gut und die Jindra ist ein sehr nettes Mädchen. Das Forsthaus ist bald ganz renoviert; sogar die Gästezimmer sind fertig."

Eigentlich sprach die Haushälterin sich selbst beruhigend zu, um das ungute Gefühl, das sie von Zeit zu Zeit überkam, zu verdrängen. Sie stellte das Tablett auf den Küchentisch ab und goss den Tee in die Kanne. Als sie alles fertig hatte, ging sie befriedigt aus der Küche um Fräulein Jindra zu holen, damit sie nicht alleine Tee trinken musste.

Die Krankenschwester kam ihr bereits entgegen und flüsterte: „Der Arzt ist schon wieder weggefahren; er hatte es heute sehr eilig. Aber dem Buben geht es ja wirklich schon viel besser. Die Herrin ist wieder auf ihr Zimmer gegangen."

„Pst! Sprechen Sie nicht so laut! Sie kann uns vielleicht hören."

„Blödsinn", antwortete Fräulein Jindra. Die beiden Frauen verschwanden in der Küche. Sie plauderten über dies und jenes, bis Frau Weirich sagte: „Die Gnädige ist total durcheinander. Sie ist so erschrocken, als ich ins Zimmer kam und den Arzt meldete – eigenartig und ungewöhnlich."

Die Krankenschwester sah sie neugierig an: „Warum?", fragte sie. „Hat sie Sorgen?"

„Tja, wenn ich das nur wüsste", antwortete Frau Weirich, „dann könnte ich ihr vielleicht helfen."

„Hat sie zu Ihnen irgendetwas gesagt?", fragte sie Fräulein Jindra.

„Nein", kam die lakonische Antwort. „Mit mir bespricht sie sich nicht so gerne wie mit Ihnen ..." Es klang etwas beleidigt. „Soll ich die Gnädige fragen, was sie bedrückt?"

„Das ist doch kindisch von Ihnen", sagte Frau Weirich. „Man kann doch nicht mit der Tür ins Haus fallen! Sie wird sich entweder wieder fassen, oder sie erzählt es mir dann sowieso."

Damit war das Thema erledigt und sie plauderten wieder über ihre eigenen Probleme.

33.

Zur gleichen Zeit ging Kommissar Heller im Büro des Anwaltes auf und ab. „Kennen Sie nicht doch jemanden aus Landau?“, fragte er Friedmann.

„Ich kenne die Bewohner von Landau nicht, weil ich nur am Wochenende nach Hause komme. Meine Frau erzählt mir zwar, mit wem sie Kontakt hat und wen sie kennt, aber persönlich kenne ich keinen. Herrn Westend, den Postbeamten kannte ich überhaupt nicht. Manches Mal bin ich auch auf Reisen, wenn einer meiner Klienten eine geschäftliche Konferenz hat.“ Mit Bedauern in der Stimme sagte er: „Sonst kann ich Ihnen leider nicht weiterhelfen.“

Heller hatte aufmerksam zugehört, griff in seine Jacke und hielt Friedmann einen Zettel hin. „Kennen Sie diese Überweisung?“, fragte er lauernd.

Der Anwalt sah sich den Schein genau an und murmelte: „Eine Überweisung, von mir getätigt ... Kann mich gar nicht daran erinnern ... Meine Frau wird es für mich erledigt haben. Ich war noch nie in dem Postamt. Meine Kanzleileiterin erledigt die Überweisungen für mich über meine Bank in der Stadt. Außerdem kenne ich den Empfänger nicht. – Was soll das?“, fragte er dann wütend.

Heller grinste. „Das wollte ich eben von Ihnen wissen! Wir konnten den Empfänger nicht ermitteln und so dachte ich, dass Sie vielleicht ...“

Friedmann schüttelte energisch den Kopf und rief seine Sekretärin ins Zimmer. Er hielt ihr den Schein hin und sagte: „Bitte überprüfen Sie diese Überweisung in unserer Buchhaltung."

Frau Eislich verließ wortlos das Büro und die beiden Männer saßen einige Minuten schweigend da.

Heller räusperte sich und fragte. „Können Sie sich an den Raubüberfall vor 19 Jahren erinnern? Damals wurde ein Wachebeamter erschossen und die drei daran Beteiligten zu Haftstrafen verurteilt. Einer davon war Herr Westend. Übrigens, das Geld wurde bis heute nicht gefunden."

Friedmann saß mit offenem Mund da und gurgelte: „Ich kann mich daran erinnern ... Ich war damals Pflichtverteidiger für alle Angeklagten."

Die plötzliche Stille wurde durch das Klopfen an der Türe unterbrochen. Frau Eislich kam herein. Sie hatte einige Unterlagen in der Hand. „Leider kann ich bezüglich der Überweisung in unserer Buchhaltung keinen Beleg finden. Es kann nicht von unserer Kanzlei bezahlt worden sein."

Der Kommissar stand auf. „Ich werde Sie jetzt nicht länger stören. Wenn Ihnen noch etwas einfällt, auch wenn es für Sie nur eine unwesentliche Kleinigkeit ist, oder etwas, das zu dem damaligen Überfall gehört, lassen Sie es mich wissen." Er schüttelte Friedmann die Hand und verließ das Zimmer.

Der Anwalt setzte sich nieder und blies die Luft mit einem pfeifenden Geräusch aus seinen Lungen. „Die alte

Geschichte wird doch wieder aufgewärmt. Vielleicht sollte ich ..." Er wurde durch das Läuten des Telefons in seinen Gedanken unterbrochen. Er hob den Hörer ab und knurrte hinein: „Friedmann. Ja, bitte ..." Erleichtert atmete er auf und sagte dann zynisch: „Gerade habe ich an Sie gedacht! Welch ein Zufall!"

34.

Die alte Serensen stand beim Fleischer und kaufte Bratwürste. Wie immer erzählte sie irgendeine Geschichte, die kein Mensch verstand und die auch niemand hören wollte. Herr Tanner war ein gutmütiger Mann. Er hörte sich oft ihre Geschichten an. „Heute", dachte er, „kann ich nicht richtig hinhören. Ich glaube, das ganze Dorf kauft heute Fleisch und Wurst."

Es war ein wahres Durcheinander. Er hatte alle Hände voll zu tun. Die Alte ließ sich in ihrer Geschichte nicht beirren und plauderte munter weiter. „Bei mir war die Polizei im Hause und ich wartete Tee und Gebäck auf und wurde über alles Mögliche ausgefragt. Aber ich weiß doch gar nichts ...! Nur, dass der Westend ein mieser Betrüger war und ständig nachts aus dem Haus schlich."

Keiner der anwesenden Kunden hörte wirklich hin. Jeder war froh, wenn er endlich an der Reihe war. Schließlich verließ die alte Frau das Geschäft und schimpfte wie üblich über ihre Mitmenschen, die nicht zuhören konnten. „Für eine alte Frau und ihre Geschichten haben sie kein Ohr", brummte sie vor sich hin. Sie schlenderte die Hauptstraße in Richtung Postamt und murmelte ständig vor sich hin. Keiner kümmerte sich um sie oder wollte sie gar bemerken.

Emma kam gerade aus dem Postamt. Als sie die alte Frau sah, hob sie freundlich die Hand zum Gruß. „Wie geht es Ihnen, Frau Serensen?" Sie machte ein paar Schritte auf die alte Frau zu und hörte, wie diese schimpfte. Beruhigend sprach Emma auf sie ein. „Erzählen Sie mir doch die Geschichte!"

Die Alte schaute sie aus listigen Augen an und meinte: „Ach, was kümmert es Sie, was ich zu erzählen habe! Es glaubt mir ja sowieso keiner und Sie erst recht nicht."

Emma musste schmunzeln. „Na ja, ich bin eben neugierig! Sie können mir ruhig die Geschichte erzählen."

„Na schön", brummte sie. „Kommissar Heller war sogar bei mir zu Hause und hat mich verhört. Ob ich weiß, wo Sanders hingegangen ist, und über den Westend wollte er auch vieles wissen. Aber was soll man schon über so einen Betrüger erzählen, der ständig heimlich sein Haus verlässt und wegfährt?! Ich habe das alles mit eigenen Augen gesehen – nur: man glaubt mir ja sowieso nie!"

Die alte Leier begann von vorne. Emma beeilte sich zu sagen, dass sie jetzt aber dringend nach Hause müsse und verabschiedete sich. Die Alte stand noch eine Weile murmelnd da uns sah Emma mürrisch und etwas enttäuscht nach.

35.

Frau Rügen ließ sich von Emma überreden, einige Tage in ihrem Haus Ferien zu machen. Sie war der Meinung, Abwechslung würde ihrem Tantchen nicht schaden und so wäre sie auch nicht alleine; sie hätte jemanden, für den sie sorgen könnte. Frau Rügen schätzte es, wenn Emma ihr das Frühstück ans Bett brachte; außerdem kochte Emma sehr gut. Natürlich hatte sie zugesagt.

Emma wollte noch einige Besorgungen machen und nun ging Frau Rügen alleine durch das Haus. Alte Erinnerungen kamen in ihr hoch: wie schön doch die Zeit gewesen war, als Emmas Mann noch lebte! Sie hatten wirklich eine gute und glückliche Ehe geführt.

Struppi begleitete sie auf Schritt und Tritt. Als sie auf die Terrasse hinaustrat, bellte er freudig erregt. Eine Zeit lang warf sie den Ball in verschiedene Richtungen. Struppi lief wie verrückt hinter ihm her und brachte ihn ihr wieder. Dann hörte er Emmas Wagen vorfahren und lief bellend ums Haus. Nachdem Emma den Einkauf ausgeladen und in den Küchenschränken verstaut hatte, setzten sich beide Frauen zum Tisch. Emma erzählte ihrer Tante, die ihr aufmerksam zuhörte, von der Begegnung mit der alten Serensen.

Ihre Augenbrauen zusammenziehend sagte sie: „Wer weiß ... Die Alte erzählt die Geschichten doch ständig: sie könnten doch wahr sein. Es könnte auch gefährlich für sie werden, wenn sie überall herumerzählt, was sie weiß."

Emma lachte. „Ach, die nimmt doch sowieso kein Mensch ernst und trauen kann man ihr auch nicht so recht.

Tantchen wiegte den Kopf hin und her.

„Hast du etwas dagegen, wenn Olga morgen zum Mittagessen kommt?", fragte Emma. Frau Rügen war mit ihren Gedanken ganz woanders und antwortete nicht gleich. Emma wiederholte ihre Frage und Tantchen schüttelte den Kopf.

„Natürlich nicht. Bin schon gespannt, ob sie was Neues herausgefunden hat. Glaubst du, dass der Privatdetektiv ihr schon etwas berichten konnte?"

Emma zuckte mit den Schultern. „Wir werden es morgen erfahren, wenn Olga kommt."

Dann begann Emma das Abendessen zu kochen. Frau Rügen ging ins Wohnzimmer. Sie setzte sich in den gemütlichen Sessel beim Kamin und schloss ihre Augen. „Ein Nickerchen wird mir gut tun", dachte sie. „Die Aufregungen der letzten Woche haben mich ganz schön geschafft. Ruhig und friedlich ist es hier, man hört keinen Straßenlärm, keine Türen schlagen ..." – Plötzlich war sie eingeschlafen. Emma war mit dem Abendessen fertig und wollte sie holen, fand sie aber friedlich schlummernd im Sessel. Lächelnd dachte sie: „Sie soll noch ein wenig schlafen. Das Essen läuft uns nicht davon." Und so beschloss sie, mit Struppi einen kleinen Spaziergang zu machen.

36.

Inzwischen hatte Kommissar Heller mit dem Richter gesprochen, der damals den Raubüberfall abgehandelt hatte. Anschließend fuhr er ins Gefängnis und unterhielt sich mit dem Direktor der Strafanstalt. Als er endlich das Gefängnisgebäude verließ, war es schon sehr spät und er spürte Hunger und Müdigkeit. Unschlüssig stand er da und überlegte, ob er noch eine Kleinigkeit essen oder gleich nach Hause fahren sollte. Er beschloss, doch noch etwas zu essen und ging langsam Richtung Zentrum. In einem kleinen, sauberen Lokal setzte er sich schwerfällig auf den Stuhl, bestellte ein großes Bier und ließ sich die Speisekarte bringen. Er hatte eben seine Bestellung aufgegeben und war in Gedanken versunken, als sich die Türe zum Gasthaus öffnete und Sergeant Machat eintrat. Er beachtete den Kommissar gar nicht, sondern startete eilfertig zur Theke. Heller war sehr verwundert, seinen Sergeanten ausgerecht hier zu sehen und begab sich ebenfalls zur Theke. Als er ihn von hinten ansprach, erschrak Machat und stieß dabei sein Glas um.

„Aber Chef, was machen Sie denn hier in dieser gottverlassenen Gegend?“, fragte er.

„Ich war beim Richter und im Gefängnis“, antwortete der Kommissar müde, „aber ich weiß immer noch nicht viel mehr. Es ist alles so verworren. Außerdem habe ich Hunger bekommen und bin einfach irgendwo lang gegangen, bis ich dieses Lokal entdeckte. Hier scheinen aber doch sehr nette normale Menschen ein und aus zu gehen, sauber ist es auch und ich bin überzeugt, dass das Essen gutbürgerlich sein und auch so schmecken wird."

Machat musste lachen. „Ja, das ist es wirklich. Sie werden schon sehen: Wenn Sie einmal hier gegessen haben, kommen Sie immer wieder."

Heller sah ihn erstaunt an. „Eigentlich wollte ich Sie fragen, was Sie hier machen?"

Machat grinste, als er antwortete. „Ich warte auf einen Informanten. Wir wollten uns hier treffen. Vielleicht kann er mir etwas über Westend erzählen."

„Wer soll denn das sein? Kenne ich den Informanten auch?"

„Das glaube ich nicht, aber es wäre ganz gut, wenn Sie ihn kennen lernen. Er ist keiner von der besonders schlimmen Sorte, sondern nur auf Geld aus. Er weiß viel über die Menschen in Landau. Seine Augen sind überall und seinen Ohren entgeht nichts. Wir haben ihn schon oft befragt und es hat meistens gestimmt, was er erzählte."

Beide setzten sich an Hellers Tisch. Der Kommissar fing an zu essen. Es schmeckte ihm wirklich vorzüglich und so verging einige Zeit, bevor sie wieder miteinander sprachen. Machat nuckelte an seinem Bier; es schmeckte ihm nicht mehr besonders gut. Er fragte sich, warum sein Chef zufällig gerade in dieses Lokal gekommen war. Es wäre ihm lieber gewesen, er hätte mit Dickson alleine sprechen können.

„Es scheint so, dass es Ihnen lieber wäre, wenn ich bei dem Gespräch nicht anwesend wäre", sagte Heller unvermittelt. Der Sergeant zuckte mit den Schultern: „Ich glaube, Sie können Gedanken lesen; aber es ist schon gut so. Wenn etwas dabei herauskommt, so tragen wir gemeinsam die Lorbeeren davon."

Der Kommissar lachte schallend. „Ach so ist das! Mir ist das eigentlich egal. Sie können die Lorbeeren gerne alleine in Anspruch nehmen."

Dickson trat ein und sah sich um. Als er Machat sah, grinste er und ging mit ausgestreckter Hand auf diesen zu. Plötzlich bemerkte er den älteren Mann bei Machat und wollte wieder gehen, doch der Sergeant hielt ihn am Ärmel zurück und sagte leise: „Das ist der Kommissar. Ich wollte nicht, dass er dabei ist, aber nun ist es schon einmal so. Kommen Sie, setzen Sie sich zu uns!" Er bestellte eine Runde Bier.

Der Kommissar musterte den Mann, der klein und dicklich war und eine Gesichtsfarbe so rosig wie ein Schweinchen hatte. Unsicher sah Dickson den Kommissar an.

„Also, Sie sind der berühmte Kommissar, der allen Verbrechern das Leben schwer macht", sagte er lauernd.

„Ich danke für das Kompliment, das ich aber nicht zurückgeben kann. Von Ihnen habe ich bisher nichts Gutes gehört. Also, womit wollen Sie uns diesmal zum Narren halten?"

Dickson wurde rot im Gesicht und sah unsicher um sich.

„Eigentlich will ich Ihnen unter diesen Umständen gar nichts erzählen."

Machat war zornig aufgesprungen und zischte ihn an. „Als ich das letzte Mal mit Ihnen sprach, erzählten Sie mir aber eine ganz andere Geschichte! Also los jetzt, wir wollen unsere wertvolle Zeit nicht unnötig vergeuden!"

Der Kommissar unterbrach den Wutausbruch seines Untergebenen. „Also, worum geht es denn hier nun eigentlich?", fragte er nachsichtig.

Dickson zuckte mit den Achseln. Leise erwiderte er: „Der Sergeant hat mich angesprochen, ob ich etwas über die Morde in Landau wüsste."

„Ja, und?", fragte Heller. „Wissen Sie jetzt etwas oder nicht?" Dicksons Schweinchengesicht verzog sich zu einer Grimasse. „Unter diesen Umständen werde ich nichts sagen. Die Vereinbarung mit Machat wurde nicht eingehalten", antwortete er knurrend.

Der Kommissar stand seelenruhig auf. „Ich brauche Ihre Hilfe nicht. Also leben Sie wohl." Er bezahlte das Essen und verließ das Lokal. Machat und Dickson blieben mit offenem Mund zurück. Doch wenig später waren sie bereits in ein Gespräch vertieft. Man hörte nur hin und wieder Sergeant Machat, wie er leise einige Fragen stellte. Eine Stunde später ging der Sergeant still vor sich hinsummend die Straße hinunter und verschwand im nächsten Polizeirevier.

37.

Frau Rügen, Olga und Emma begaben sich nach dem köstlichen Mittagessen ins Wohnzimmer. Olga schnaufte: „Ich kann mich kaum bewegen, so viel habe ich gegessen! Es ist auch zu dumm Emma, dass du so gut kochen kannst. Ich habe mich schon oft gefragt, warum dein Mann es mit dir so lange ausgehalten hat.“ Grinsend wartete sie auf Emmas Reaktion. Tantchen und Emma lachten herzlich.

„Jetzt weißt du es ja. Aber nun wollen wir ganz andere Dinge besprechen.“ Emma erzählte nun auch Olga, was sie mit der alten Frau Serensen erlebt hatte.

Olga hörte aufmerksam zu und brummte: „Die gehört sowieso in die Klapsmühle. Der kann man nicht über den Weg trauen. Ich denke da an ganz bestimmte Dinge, die sich vor einigen Jahren bei uns ereignet haben.“

„Das gehört jetzt nicht hierher“, sagte Emma empört, „ich will wissen, was du darüber denkst. Wenn sie nämlich wirklich etwas wüsste und es bis jetzt nicht der Polizei gesagt hat und ein ganz bestimmter Mensch davon hört, dann ist ihr der Tod sicher.“

Tantchen und Olga sahen sich stumm an. „Du könntest Recht haben ... Wie soll man aus so einer alten Schachtel klug werden?“, meinte Frau Rügen.

Olga erwähnte, wie die Leute im Ort über die Alte dachten, und dass man bisher eigentlich nur Lügen von ihr aufgetischt bekommen hätte.

Emma, die sehr nachdenklich geworden war, meinte: „Ja, aber wenn doch etwas an der Geschichte dran ist?" Tantchen unterbrach die sekundenlange Stille, indem sie zu bedenken gab, dass sie alle drei auf dem besten Wege wären, eine Lawine loszutreten; wenn die einmal ins Rollen käme, dann würden einige Leute auf der Strecke bleiben.

Emma und Olga sahen sie erstaunt an. „Was meinst du damit?"

„Tja, wie soll ich mich ausdrücken? Ich bin der Meinung, dass wir drei schon sehr viel wissen, nur einordnen lässt es sich noch nicht richtig. Es ist wie ein Puzzlespiel, nur dass das, was wir tun, gefährlich ist."

„Hast du schon einen Termin beim Anwalt?", fragte Olga, das Thema wechselnd.

„Ja. Die Angestellte hat bei mir angerufen, um einen neuen Termin für die Besprechung des Testamentsentwurfes auszumachen."

Emma rutschte unruhig auf ihrem Stuhl hin und her. „Ich weiß nicht, ob es richtig ist, was wir da machen. Friedmann darf nichts merken."

Olga stimmte kopfnickend zu. „Mein zwielichtiger Detektiv hat einiges herausgefunden", erklärte sie nun. „Friedmann war vor vielen Jahren Pflichtverteidiger bei einem Prozess über einen Raubüberfall, bei dem ein Wachebeamter angeschossen oder sogar erschossen worden war. Drei Männer waren daran beteiligt. Einer davon war

Westend." Pfeifend ließ Emma die Luft aus ihren Lungen. „Na, das ist ja ein Ding! unser sauberer Postbeamter! Jahrelang hat er in unserem Dorf gelebt und keiner wusste, was er vorher alles so angestellt hatte."

„Es geht ja noch weiter", meinte Olga streng. „Damals war eine beträchtliche Geldsumme gestohlen worden, die bis heute nicht gefunden wurde. Zwei seiner Mittäter wurden zu langen Gefängnisstrafen verurteilt, einer davon ist im Gefängnis gestorben. Der andere führt heute ein sauberes und normales Leben, ist aber nicht reich. Gabler – das ist der Privatdetektiv, den ich engagiert habe – will sich in den nächsten Tagen mit dem einzigen Überlebenden des damaligen Überfalls treffen und mir dann Bescheid geben, was dabei herausgekommen ist."

Tantchen und Emma sahen Olga ungläubig an.

Emma fand als erste ihre Stimme wieder. „Was du alles auf die Beine stellen kannst! Also, ich bin total überrascht und unheimlich stolz auf dich."

Olga errötete leicht und grinste sie dankbar an. „Ich weiß, wenn ich mich einmal in eine Sache verbissen habe, gebe ich nicht so leicht auf. Außerdem", sagte sie bedächtig, „verlangt dieser Trottel von Detektiv nicht sehr viel Geld."

„Wieso ist er ein Trottel?", wollte Emma wissen.

„Er hat keine Angestellten mehr und ist auf sich selbst angewiesen. Da ich ihn schon zu Lebzeiten meines Mannes gekannt habe, dachte ich mir, er könne etwas in Erfahrung bringen. Mein Mann hat ihn damals öfters mit Kleinigkeiten beauftragt und war immer mit ihm zufrieden. Heute ist mir klar, dass er froh ist, wenn er etwas zu tun hat und mich wahrscheinlich eine alte, verschrobene Schachtel nennt. Über Persich, den damaligen Freund des Anwaltes, weiß er leider noch nichts, aber er hat versprochen, dranzubleiben. Wir können nur hoffen, dass wir bald mehr über die Vergangenheit von Friedmann wissen. Ob er vielleicht doch etwas mit den Morden zu tun hat?"

38.

Gabler saß in seinem Büro und kramte in den Unterlagen, die vor ihm auf dem Tisch lagen, als es klopfte. „Nanu“, dachte er, „wer kommt mich denn besuchen? Hoffentlich nicht diese alte Schachtel!“ Schnaufend stand er auf und öffnete die Tür. Erstaunt bat er den unerwarteten Besucher in sein Büro. „Was kann ich für Sie tun?“, fragte er, bot ihm einen Stuhl an und sah sein Gegenüber mit listigen Augen an. „Sie haben mich nach so langen Jahren wiedererkannt!“, sagte sein Besucher mit dumpfer Stimme.

„War nicht schwer. Ich bin eben informiert und mein Gedächtnis funktioniert noch immer wie das eines Elefanten.“

„Das habe ich allerdings bemerkt. – Sie haben mich gesucht?“, fragte sein Besucher.

„Eigentlich wollte ja ich Sie aufsuchen“, antwortete Gabler, „aber für mich ist es viel bequemer, wenn Sie von selbst zu mir kommen. Darf ich Ihnen einige Fragen stellen?“

„Wenn mir die Fragerei unbequem wird, werden Sie es merken“, antwortete die dumpfe Männerstimme und ein drohender Unterton schwang mit.

Gabler grinste unverschämt. „Lassen wir es darauf ankommen.“

39.

Im Vorzimmer der Kanzlei Friedmann wartete Frau Rügen. Frau Eislich kam beflissen zu ihr. „Herr Friedmann erwartet Sie jetzt", sagte sie, „kommen Sie bitte mit!" Frau Rügen folgte der Angestellten in das große Büro des Anwaltes und wurde von ihm herzlich begrüßt. „Wie geht es Ihnen?", fragte er höflich.

„Ach, vielen Dank der Nachfrage, mir geht es gut. Ich wohne derzeit bei einer meiner Nichten in Landau." Sie bemerkte, dass der Anwalt unmerklich zusammenzuckte. „Meine Nichte ist der Meinung, die Landluft würde mir gut tun. Außerdem hat sie einen Hund, mit dem ich immer spazierengehe."

Sie setzten sich und Friedmann begann über das Testament zu sprechen. Frau Rügen nickte nur und hörte gespannt zu. Im Stillen dachte sie: „Er ist wirklich gut! Wie er mein Vermögen unter meiner riesigen – allerdings imaginären – Verwandtschaft aufzuteilen vermag! Auf solche Ideen wäre ich nie gekommen."

„Meine Familie wohnt ebenfalls in Landau", sagte Friedmann nach einer kurzen Pause spontan, „im Forsthaus, das meine Frau restaurieren lässt. Allerdings sind unsere Kinder in einem Internat, so dass sie auch ein wenig Zeit für sich selbst hat. Da unser Neffe auch bei uns wohnt und seit Jahren krank ist, ich leider nur an den Wochenenden nach Hause fahren kann, ist sie sehr einsam."

„Na, so schlimm wird es schon nicht sein! Die Leute im Dorf sind eigentlich ganz nett – nur an das Gerede muss man sich erst gewöhnen."

„An welches Gerede?", fragte er leicht irritiert.

„Sie und Ihre Familie wohnen erst kurz im Dorf. Vor allem, die Morde sind doch unangenehm."

„Da haben Sie durchaus Recht. Es sind wirklich schlimme Dinge, die da passiert sind. Ich habe davon in der Zeitung gelesen. Meine Frau hat mir erzählt, dass die Polizei den Täter noch nicht gefasst hat."

„Wer sagt denn, dass es nur einer ist?", meinte Frau Rügen lächelnd.

Eine Weile betrachtete Friedmann sie sehr aufmerksam. „Sie ist eine schlaue alte Dame", dachte er. Er räusperte sich und kam wieder auf den Testamentsentwurf zu sprechen. „Nun, sind Sie mit der Aufteilung zufrieden?", fragte er.

„Kann ich mir den Entwurf mit nach Hause nehmen und es mir überlegen? Vielleicht möchte ich doch noch einige kleine Änderungen vornehmen."

„Natürlich können Sie es sich nochmals durchlesen und überdenken. Ich bin allerdings in der nächsten Woche nicht hier. Sie können aber jederzeit meiner Kanzlei die Änderungen bekannt geben."

Friedmann stand auf und überreichte ihr den Testamentsentwurf. „Also, gnädige Frau: Ich höre von Ihnen. Jetzt müssen Sie mich entschuldigen."

Zum Abschied schüttelten sie einander die Hand. Frau Rügen zog langsam den Mantel an. Als sie in den Warteraum kam, sah sie sich umständlich um. Zwei Männer saßen da und lasen Zeitung. Sie kramte in ihrer Tasche. Dabei beobachtete sie sehr genau die Gesichter der beiden Herren und wie sie angezogen waren. Dann murmelte sie einen Gruß und verschwand durch die Tür.

40.

Kommissar Heller blätterte in den Unterlagen, die aus dem Gefängnis gekommen waren. Missmutig stieß er den Stapel Papiere von sich. „Daraus ergibt sich auch nicht das Geringste!“, brummte er. Er stand auf und ging im Raum hin und her. Dann zog er seinen Mantel an und verließ die Polizeistation. Er schlenderte die Hauptstraße entlang und dachte über den Fall intensiv nach. Hie und da grüßten ihn jemand und er nickte mit dem Kopf; so in Gedanken versunken merkte er gar nicht wohin er ging. Als er sich plötzlich umsah, stand er vor der Einfahrt zum Forsthaus. Unschlüssig blieb er stehen, entschied sich dann aber doch dafür, umzukehren und ging den Weg wieder zurück. Das Geräusch eines Autos kam immer näher. Er blickte auf. Emma fuhr eben in Richtung Einfahrt Forsthaus. Als sie den Kommissar bemerkte, hielt sie an und fragte: „Wie geht es Ihnen?“ Heller grinste. „Wenn ich das wüsste.“

„Ja, das kenne ich, mir geht es manches Mal auch so“, erklärte Emma mitfühlend. „Nur brauche ich keine Verbrechen aufzuklären. Wollen Sie mit mir zurück ins Dorf fahren?“

Er überlegte eine Weile. „Was machen Sie eigentlich hier?“, fragte er neugierig.

„Das übliche: Ich bringe Obst und Gemüse für die Familie Friedmann, aber es dauert sicherlich nicht lange. Wenn Sie also auf mich warten wollen?“ Bejahend nickte

er mit dem Kopf und setzte sich auf einen Kilometerstein. Emma verschwand hinter einer Kurve der Auffahrt. Nach einiger Zeit stand sie wieder auf der Straße und tippte den Kommissar mit den Fingern an. „Wenn Sie soweit sind, können wir fahren." „Ich habe Sie gar nicht kommen gehört!", war seine lakonische Antwort. „Das habe ich bemerkt. Sie sind mit Ihren Gedanken ja irgendwo anders", erwiderte sie lächelnd. Schweigend stiegen sie ins Auto und fuhren in Richtung Dorf.

41.

Gabler ging unruhig auf und ab. Er überlegte, was er von der Sache überhaupt halten solle. Es war bereits dunkel und der Regen prasselte auf seinen Schirm. Er murmelte vor sich hin: „Wie soll ich ihr es nur erklären? Es ist ungeheuerlich. Vielleicht wäre es doch besser, wenn ich die Polizei informiere und nicht die alte Schachtel. Aber schließlich ist sie mein Auftraggeber und wenn sie sich in Lebensgefahr begeben will, so ist es nicht meine Angelegenheit."

Plötzlich tauchte aus der Dunkelheit eine Gestalt auf. Er ging einige Schritte auf sie zu, bis er merkte, dass es nicht Olga war. „Ach Sie sind es!", sagte er erleichtert. „Was suchen Sie denn hier?" Eine dunkle Stimme antwortete: „Ich möchte ebenfalls hören, was Sie zu sagen haben; es wäre für mich von größter Bedeutung." Gabler lachte meckernd. „Das kann ich mir vorstellen! Aber was ich zu sagen habe, geht Sie gar nichts an!" Er drehte sich um und ging in die entgegengesetzte Richtung davon. Er spürte einen leichten Schlag gegen seinen Rücken. Nach einigen Schritten stürzte er zu Boden und verlor das Bewusstsein.

Er erwachte in einem Bett im Krankenhaus. Olga stand über ihn gebeugt. Sie beobachtete seine Reaktionen. „Was ist passiert? Wieso starren Sie mich so an?", presste er hervor. Olga nahm seine Hand. „Wenn ich Sie nicht gefunden

hätte, wären sie jetzt mausetot. Sie haben viel Blut verloren, werden aber wohl am Leben bleiben. Die Operation ist gelungen." „Beruhigend", antwortete er. „Wer sind Sie und was ist nun tatsächlich passiert? Ich kann mich an nichts mehr erinnern."

„Ich habe Sie am Straßenrand in einer Regenpfütze gefunden. Ein Messer steckte zwischen ihren Schultern – mehr kann ich Ihnen auch nicht sagen, und wer ich bin, wird Ihnen bald wieder einfallen."

Der Privatdetektiv wollte sich bewegen, aber der stechende Schmerz in Kopf und Rücken war so stark, dass er nur stöhnte. „So ein Schwein!", murmelte er und verlor wieder das Bewusstsein.

Olga verließ leise das Krankenzimmer und prallte fast mit Kommissar Heller zusammen. „Was machen Sie denn hier?", fragte er überrascht. Olga grinste. „Ich habe Schutzengel gespielt und Gabler das Leben gerettet! Ist das vielleicht verboten?", antwortete sie. Heller sah sie ungläubig an. „Jetzt habe ich keine Zeit mit Ihnen zu plaudern, aber ich komme auf die Sache schon noch zurück. Sie können sich darauf verlassen." Olga zuckte mit den Schultern und ließ den Kommissar grußlos stehen.

42.

Julia Friedmann ging im Garten hinter dem Forsthaus langsam auf und ab. „Eigentlich wäre das Leben so schön, wenn da nicht ...", dachte sie. „Ich werde einfach nicht mehr daran denken ..." Sie schlenderte den schmalen Weg Richtung Wald weiter. Die Luft war herrlich frisch und roch schon ein wenig nach Schnee. Auf den blattlosen Zweigen lag bereits leichter Raureif. Es war wirklich schön hier, so ruhig und friedlich, weitab vom Trubel der großen Stadt. Bevor sie hergezogen waren, war sie ein typischer Stadtmensch gewesen; jetzt genoss sie die Ruhe, die gute Luft und die schöne Natur. Auch den Kindern bekam das Landleben gut, wenn es auch immer nur für einige Tage war. Sie dachte an ihren Neffen und war glücklich, dass es ihm schon viel besser ging. Vielleicht würde er eines Tages selbst in den Garten gehen können. Wie schwer es für ihn gewesen sein mußte, seine Eltern zu verlieren! Vor allem ihren Mann hatte es tief getroffen. In ihren Gedanken sah sie das zertrümmerte Auto und das bleiche Gesicht von Philip. Tränen liefen ihre Wangen hinunter. Abrupt drehte sie sich um. „Ich will an schönere Dinge denken ..."

Sie ging zum Haus zurück. Frau Weirich erwartete sie schon. Sie gab ihr die Post und erzählte: „Frau Christon hat wieder Obst und Gemüse geliefert und selbstgemachte Marmelade mitgebracht. Eigentlich sehr interessant: Sie ist gemeinsam mit dem Kommissar weggefahren." Julia zuckte erschrocken zusammen. „Mit dem Kommissar?“, echote sie. „Beunruhigt Sie das?“, fragte die Haushälterin neugierig. Julia verneinte entschieden und ging langsam auf ihr Zimmer. Ohne großes Interesse öffnete sie ihre Post. Mit den Gedanken war sie ganz woanders. „Was hat die nette alte Dame mit dem Kommissar zu schaffen? Sie werden doch nicht etwa wegen Philip ...? Hoffentlich hat das nichts mit meiner Familie zu tun! Der Kommissar schnüffelt schon die ganze Zeit in unseren Angelegenheiten herum. Vielleicht bezüglich der Überweisung, die Philip angeblich am Postamt im Dorf gemacht hat ...“

43.

Die drei Grazien saßen wieder einmal gemütlich im Wohnzimmer. Olga erzählte von dem aufregenden Erlebnis Gablers. Gespannt hörten ihr die beiden zu. Als Olga schließlich noch erwähnte, dass sie im Spital den Kommissar fast umgerannt hätte, sah sie in zwei erhitzte und aufgeregte Gesichter. Emma schnappte nach Luft. „Also, du hast vielleicht Nerven! Wenn ich mich in deiner Situation befunden hätte, hätte ich laut um Hilfe gerufen."

Olga lachte schallend. „Mir ist noch im nachhinein das Herz in die Hose gefallen, als mir bewusst wurde, in welcher Gefahr ich mich befunden hatte. Aber der Detektiv ist wirklich schlimm dran. Im Moment kann er sich an nichts erinnern. Vielleicht hat er durch den Sturz sein Gedächtnis verloren. Wir können jetzt nur abwarten. Ich hoffe, die Polizei ist so gescheit und stellt eine Wache vor seinem Zimmer auf. Unvorstellbar, wenn der Kerl wüsste, dass er noch lebt. Wer weiß, was derjenige dann noch anstellt, damit Gabler ins Jenseits schwebt."

„Hat er dir etwas erzählen können?", fragte Frau Rügen. „Oder hast du vielleicht gesehen, wer ihm das angetan hat?" Olga zögerte. „Nun ja, ich sah schon jemanden wegrennen, aber in der Dunkelheit und bei diesem Sauwetter, konnte ich auf keinen Fall erkennen, wer es war. Jedenfalls war es ein großer Mann."

„Wieso weißt du, dass es ein Mann war?", fragte Emma

entrüstet. „Tja, weil ich ihn vorher mit Gabler reden hörte, als ich um die Ecke bog. Seine Stimme klang sehr dunkel und melodisch. Außerdem war er sehr kräftig gebaut, nicht dünn, sondern hatte breite Schultern und einen Gang, wie man es in den alten Westernfilmen sieht. Ich glaube sogar, dass er Stiefel anhatte, denn in der Dunkelheit blitzten die Schuhspitzen." „Glaubst du, dass er dich bemerkt oder gar gesehen hat?", fragte Emma besorgt. Olga verneinte. „Ich habe nur gesehen, wie er hinter Gabler herging und ihm einen Stoß versetzte; dann lief er davon. Ich bin überzeugt, dass ich sehr vorsichtig war. Aber was soll ich nun dem Kommissar erzählen? Er hat mir richtig gedroht und gemeint, er würde auf die Angelegenheit zurückkommen, davon soll ich überzeugt sein."

„Es wäre vielleicht besser", sagte Frau Rügen leise, „wenn wir ihm alles erzählen, was wir bis jetzt bereits wissen. Er hat bestimmt auch schon Einiges in Erfahrung gebracht. Das mit dem Privatdetektiv ist eine sehr böse Sache. Es sind immerhin zwei Menschen tot, einer liegt schwerverletzt im Krankenhaus und wir sitzen da und besprechen alles, als wenn wir schon wüssten, warum Herr Westend ermordet wurde."

Olga sah eine Weile zur Decke empor und erwiderte dann: „Na, wir wissen es doch bereits – oder nicht?!" Emma schrie erschrocken auf. „Was du so immer von dir gibst, Olga! Das ist pure Vermutung. Du weißt es ja auch nicht wirklich. Eines steht jedenfalls fest: Wir sind auf dem besten Weg, es tatsächlich herauszufinden. Wir sollten jedenfalls den Kommissar einweihen. Nicht auszudenken, wenn uns was zustoßen würde."

44.

Der Privatdetektiv wollte sich gerade im Bett aufsetzen, als der Kommissar leise die Türe öffnete. Gabler sah ihn sehr erstaunt an. „Sie hier?", fragte er verdrießlich. „Tja, wenn ich nicht wüsste, dass auf ihr Leben ein Mordanschlag verübt worden wäre, käme ich Sie sowieso nicht besuchen."

Gabler machte ein säuerliches Gesicht. Heller nahm sich einen Stuhl und setzte sich neben das Bett, sah den kleinen Mann an und fragte: „Was ist geschehen? Können Sie mir das sagen?"

Gabler runzelte die Stirn und dachte eine Weile nach, ehe er antwortete. „Eigentlich kann ich Ihnen nichts sagen. Ich weiß nicht, wie es passieren konnte. Mein Gedächtnis lässt mich total im Stich."

„Was wollten Sie überhaupt in dieser Gegend?", fragte Heller geduldig.

„Ich hatte mir dort ein Treffen mit einer Klientel ausgemacht. Ist doch wohl nicht verboten? Und was die Gegend anbelangt, so ist sie nicht so schlecht wie ihr Ruf."

Heller lachte herzlich. „Das hat sich nun ja auch bewiesen."

„Die Ärzte haben mir versichert, dass sich mein Gedächtnis in ein paar Tagen wieder erholt haben wird und dann werden wir weitersehen."

„Sie würden mir nicht zufällig erzählen wollen, wer Ihre Klientel ist?" „Nein", kam die prompte Antwort.

„Aber wenn sie sich an Ihre Klientel erinnern können,

müssten Sie auch darüber Bescheid wissen, wer Sie so schwer verletzt hat."

Grinsend erwiderte Gabler: „Tja, so sollte man annehmen, aber ich weiß es wirklich nicht." Heller zuckte mit den Achseln. „Vor der Tür habe ich einen Polizisten postiert. Schließlich kann man nie wissen, ob Sie nicht doch noch ermordet werden", erklärte der Kommissar beiläufig.

Der Privatdetektiv zog eine Grimasse. „Ich bin sowieso zu müde, um darüber nachzudenken."

Heller tippte an die Hutkrempe und verließ das Zimmer. Mit dem behandelnden Arzt besprach er ausführlich Gablers Zustand.

„Es schadet unserem Krankenhaus, wenn die Polizei ein und aus geht", erklärte der junge Arzt.

„Es würde dem Krankenhaus mehr schaden, wenn ein fast toter Patient dann tatsächlich tot ist und nicht durch die Kunst der Ärzte gestorben wäre", antwortete Heller ärgerlich. Dann verließ er das Krankenhaus und wanderte ziellos durch die Straßen.

Seine Gedanken blieben bei Olga hängen. Was wollte sie nur von Gabler und warum war sie ebenfalls in dieser Gegend gewesen? Ob sie seine Klientin war? Er musste unbedingt herausfinden, was sie dort gewollt hatte. Er würde auch den Büroräumlichkeiten des Privatdetektivs einen Besuch abstatten; vielleicht hatte er irgendwelche Aufzeichnungen gemacht, die Aufschluss darüber gaben, warum er ermordet werden sollte.

45.

Philip Friedmann kam erschöpft in seine Kanzlei. Er war drei Tage hindurch auf einer Konferenz gewesen und seine Arbeitgeber waren sehr zufrieden mit ihm. Es war schon spät am Abend. Seine Angestellten waren längst nach Hause gegangen. Er ging zu seiner im Bücherschrank versteckten Bar und goss sich einen Cognac ein. Erleichtert ließ er sich auf seinen Stuhl fallen. „Eigentlich sollte ich schlafen gehen,“, dachte er, „aber es ist noch so viel zu tun. Ich muss heute noch die Sache fertig bringen, komme was wolle.“ Er nahm den Telefonhörer und wählte eine Nummer. Nach einiger Zeit hörte er die vertraute Stimme: „Ja, hallo?“ Friedmann meldete sich müde und erklärte: „Die Sache duldet keinen Aufschub mehr.“ Am anderen Ende der Leitung war es für einen Augenblick still, dann ertönte ein langer Seufzer und ein „O. k., wann soll ich bei dir sein? Morgen?“ „Eigentlich wäre es jetzt Zeit, dass wir uns sehen“, sagte Friedmann unwillig. Er fügte noch hinzu, dass niemand außer ihm in der Kanzlei sei und es jetzt günstig wäre. „Wenn es sein muss, komme ich eben jetzt noch“, sagte die Stimme am anderen Ende der Leitung ätzend. „Aber nicht allzu lange; ich habe auch noch andere Sachen zu erledigen.“ Sie vereinbarten die Uhrzeit und Friedmann hängte ohne Gruß ein.

46.

Im Wohnzimmer von Emma sah Kommissar Heller von einer zur anderen. „Ich wollte nur mit Frau Lechner reden und nicht mit drei Frauen gleichzeitig“, meinte er etwas verwirrt.

Frau Rügen lächelte ihn freundlich an. „Aber Herr Kommissar, es geht uns schließlich alle etwas an. Was wir Ihnen erzählen wollen, haben wir gemeinsam in Erfahrung gebracht. Sie müssen sich schon damit zufrieden geben. Wenn Sie unbedingt Wert drauf legen, mit Olga alleine zu sprechen, gehen wir vorerst aus dem Zimmer, aber dann wollen Emma und ich unbedingt bei dem Gespräch dabei sein.“

Heller seufzte. „Na, schön, es ist sowieso egal. Sie können alle bleiben. Mein Gefühl sagt mir, dass Sie etwas wissen, das ich wissen sollte – oder?“ Die drei Grazien grinsten und Emma bot ihm Kaffee und Kuchen an. Dankbar nahm er eine Tasse Kaffee und überlegte, ob es eine längere Unterredung werden würde. Seinen Sergeanten hatte er in weiser Voraussicht weggeschickt und nun machte er es sich im Fauteuil bequem. Emma begann zu berichten, wie Olga ihr die Nachricht vom Mord an Herrn Westend erzählt hatte; wie sie erfahren hatte, dass das Forsthaus an eine Familie aus der Stadt verkauft worden war; wie Olga und sie begonnen hatten, dem Klatsch der Leute besondere Aufmerksamkeit zu schenken; wie sie dann auf die Idee gekommen waren, dass Tantchen zum Anwalt gehen sollte, um ein neues Testament aufsetzen zu lassen. Sie erzählte auch, dass Tantchen bei ihrem Besuch bei Friedmann doch einiges in Erfahrung bringen konnte.

Der Kommissar unterbrach Emma in ihrer Erzählung nicht. Als Emma kurz Luft holte, setzte Olga zur weiteren Erklärung an. „Ich war im Frisiersalon und habe dort ebenfalls einige interessante Details gehört; nur weiß ich nicht, wo sie einzuordnen sind.“

Heller ermunterte sie zum Weitererzählen und betonte, dass er jede Einzelheit hören wolle, auch wenn sie den drei Frauen noch so unwichtig erscheinen sollte.

Olga plauderte munter drauflos. „Sie hat erfahren, dass Frau Friedmann falsche Fingernägel hat. Zwei davon sind abgebrochen. Beim Fleischer erfuhr sie die verschiedenen Meinungen über den Mord an Herrn Westend. Einige glaubten, dass Rauschgift im Spiel sei, oder Erpressung. Sogar eine alte Geschichte wurde erzählt, wobei er vielleicht Geld geraubt oder jemand anderen erpresst haben soll. Na, halt den ganzen Quatsch, was die Leute sich so ausdenken oder zusammenreimen. Sie hat eine alte Bekannte ihres verstorbenen Mannes aufgesucht und die hat ihr erzählt, dass Friedmann einige sehr gutsituierte Freunde und ein paar weniger gute Freunde aus seiner Studienzeit kennt. Damals waren etliche Gerüchte im Umlauf. Niemand konnte jedoch sagen ob Friedmann an der Sache tatsächlich beteiligt gewesen war oder nicht. Einer dieser

Freunde hat angeblich ein junges Mädchen vergewaltigt und dafür eine Gefängnisstrafe aufgebrummt bekommen. Ob er einer von den guten oder schlechten Freunden Friedmanns war, konnte ich mir leider nicht merken. Aber ich habe Name und Adresse meiner Bekannten. Wenn Sie Fragen stellen wollen?"

Heller nickte mit dem Kopf. „Gibt es sonst noch etwas, dass Sie mir erzählen könnten, zum Beispiel über den Privatdetektiv Gabler?"

Olga errötete. Ihre Finger spielten nervös mit dem Schal. „Nun ja", sagte sie nach einer Weile. „Da wir wissen, dass Westend in einen Bankraub verwickelt war, habe ich Gabler beauftragt, über Persich – der angeblich ein Freund von Friedmann ist oder war – und Friedmann Erkundigungen einzuziehen, da ich der Meinung bin, dass die beiden mit der Sache etwas zu tun haben. Einiges hat er schon herausgefunden. Über seinen Kontaktmann, den er mit mir gemeinsam treffen wollte, versprach er sich einige Aufschlüsse. Na, Sie wissen schon, dort, wo Gabler schwer verletzt wurde."

Der Kommissar sah sie ernst an. „Haben Sie gesehen, wer Gabler erstechen wollte?"

Olga schwieg eine Weile, ehe sie antwortete. „Ich kann mit Bestimmtheit sagen, dass es nicht der Kontaktmann war, auf den wir warteten. Aber die Gestalt sah ich sehr wohl und sie kam mir sehr bekannt vor. Vor allem seine Bewegungen und sein Gang. Es geht mir nicht mehr aus dem Sinn. Es fällt mir einfach nicht ein, an wen er mich erinnert."

„Sie haben sich da in ein gefährliches Abenteuer eingelassen", erwiderte Heller ernst, „denn wer auch immer Gabler niedergestochen hat: er hat gesehen, dass Sie ihm geholfen haben, also ..." Die drei Frauen sahen einander erschrocken an. Es war ganz still im Raum, sodass man eine Stecknadel hätte fallen hören.

Emma war die erste, die das Schweigen unterbrach. „Herr Kommissar, was sollen wir nun Ihrer Meinung nach tun? Wir müssen Olga schützen. Vor allem müssen Sie sich umgehend mit Gabler in Verbindung setzen. Er weiß mittlerweile vielleicht, wer ihn ermorden wollte."

„Ich habe vor, ihm heute einen Besuch abzustatten. Der behandelnde Arzt ist allerdings der Meinung, dass es noch einige Zeit dauern könnte, bis Gabler sich wieder erinnern kann. Durch die schwere Gehirnerschütterung, die er beim Sturz erlitten hat, ist sein Erinnerungsvermögen gestört und seither noch nicht wiedergekommen. Außerdem meinte er, dass es sein könnte, dass Gabler das Geschehene verdrängt und daher nicht mehr weiß, was wirklich passiert ist oder was er überhaupt dort wollte. Wenn man ihm erzählt, wo er gewesen war, schüttelt er den Kopf und erklärt, er könne sich gar nicht erinnern, warum er gerade dort war."

„Armer Gabler", murmelte Olga. „Aber er wird es schon überstehen und sich später sicherlich daran erinnern. Wir können jetzt nur abwarten."

„Sie haben sich ab sofort aus dieser Angelegenheit herauszuhalten", sagte Heller streng. „Ich kann es sonst nicht verhindern, dass man versuchen wird, auch Sie abzumurksen."

Olga lächelte ihn süßlich an. „Selbstverständlich halte ich mich aus der Sache raus. Oder glauben Sie, ich wäre lebensmüde? Immerhin wurden zwei Menschen ermordet. Ich bin von Natur aus ängstlich. Außerdem bin ich davon überzeugt, dass die beiden Morde zusammenhängen. Gabler hat sich in die Angelegenheiten des Mörders gemischt und der wollte ihn aus dem Weg schaffen. Es ist ihm aber nicht geglückt", kicherte sie.

Alle begannen zu lachen. Sogar der Kommissar lachte mit. Olga hatte mit ihrer Ausdrucksweise und ihrem unerschütterlichen Humor für den Moment die Dramatik der Angelegenheit vergessen lassen. Tantchen wischte sich die Tränen aus den Augen und schnäuzte sich kräftig. „Was können wir jetzt noch tun?", fragte sie den Kommissar. „Finden Sie es sinnvoll, wenn ich nochmals zu Friedmann gehe, um ihn auszuhorchen? Er ist bei mir immer so redselig. Das Testament kann ich nicht aufrecht halten – die Sache würde ja gleich auffliegen. Vielleicht sollte ich nur einige Änderungen machen lassen."

Heller winkte verneinend ab. Er erklärte ihr, dass es zu gefährlich sei. Wenn Friedmann ebenfalls in diese Morde verwickelt wäre, würde er vielleicht etwas gegen sie unternehmen oder sogar durch Dritte unternehmen lassen. „Im Moment ist alles noch so undurchsichtig, dass man als Privatperson besser die Finger davon lassen sollte."

Tantchen nickte verständnisvoll. Ob sie allerdings die Finger davon lassen würde, das müsse sie sich erst noch überlegen. Sie waren schon so weit gekommen; jetzt aufgeben wäre ...

Emma, die ihre Tante beobachtete, lächelte still vor sich hin. Sie kannte sie nur allzu gut. Wenn sie einmal den Entschluss gefasst hatte, etwas herauszufinden, dann wollte sie die Sache auch zu Ende führen.

Der Kommissar stand auf, verabschiedete sich und verließ das Haus. Schweigend und in Gedanken versunken blieben die drei Frauen zurück.

47.

Philip Friedmann überlegte in der Kanzlei sitzend, warum Frau Rügen ein so umfangreiches Testament machen wollte. „Welcher Grund steckt dahinter? Oder welchen Zweck verfolgt die alte Dame, wo sie doch gar keines braucht?“ Er war sehr stolz auf sich und seine Arbeit. Seine Nachforschungen hatten ergeben, dass Frau Rügen nur eine Nichte beerben konnte. Aber warum hatte sie ihm ein so tolles Schauspiel geliefert? Sie war eine intelligente alte Dame; er konnte ihr nicht böse sein. Er nahm sich vor, ihre Nichte zu kontaktieren; vielleicht konnte sie ihm in dieser Angelegenheit weiterhelfen. Vielleicht sollte der Geisteszustand der alten Dame untersucht werden, – oder aber ... Er verwarf den Gedanken und widmete sich wieder seinen Akten. So kurz vor Weihnachten war viel zu tun. „Ich muss noch viel erledigen, wenn ich die Feiertage mit meiner Familie verbringen will“, dachte er. Er hatte beschlossen, seine Kanzlei von den Weihnachtsfeiertagen bis Jahresbeginn zu schließen. Seine Angestellten waren darüber sehr erfreut. Schließlich war es das erste Mal, dass sie alle über eine Woche Urlaub machen konnten.

„Einen auswärtigen Termin habe ich noch“, seufzte er. „Ich hoffe, dass er sich nicht in die Länge ziehen wird.“ Es war alles vorbereitet und er hatte nichts vergessen; trotzdem überprüfte er nochmals die Fakten. Nach einiger Zeit legte er die Unterlagen in seinen Aktenkoffer. Er stand auf, streckte sich und ging zum Fenster. Die Leute auf der Straße liefen geschäftig umher. Sie waren sicherlich schon mit den Vorbereitungen fürs Weihnachtsfest beschäftigt – nur er hatte noch kein einziges Geschenk gekauft. Dafür war bisher noch keine Zeit gewesen. Das geplante Treffen mit seinem Freund hatte er bis nach den Feiertagen verschoben. Im Stillen hoffte er, dass es gar nicht notwendig sein würde, sich mit ihm zu treffen. Einige Augenblicke dachte er über das Wort „Freund" nach, schüttelte resigniert den Kopf und sagte leise: „Er ist ja gar kein Freund mehr; er ist eigentlich mein Feind. Aber wenn ich etwas begonnen habe, werde ich es auch zu Ende bringen." Entschlossen drehte er sich um und ging zu seinem Schreibtisch zurück.

48.

Gabler lag in seinem Bett und dachte angestrengt darüber nach, was sich eigentlich ereignet hatte. Seit einigen Tagen entstanden verschwommene Bilder vor seinem geistigen Auge, doch wirklich erinnern konnte er sich immer noch nicht. Er war noch sehr schwach, nur sein Mundwerk funktionierte schon wieder ganz gut. „Ich kann schon nach Hause gehen. Es geht mir doch prächtig“, erklärte er, wenn die Schwester oder der Arzt kamen. Wenn der Arzt ihn aber aufzustehen bat, drehte sich das ganze Zimmer um ihn und er sank geschwächt wieder ins Bett zurück. Die Krankenschwester beruhigte ihn und erklärte, es würde noch eine ganze Weile dauern, bis er wieder auf den Beinen wäre. Sein Erinnerungsvermögen würde sich ebenfalls wieder einstellen. Er wusste, dass vor seinem Zimmer ein Polizist Wache hielt und fand dies eigentlich unangebracht. Was sollte schon Großartiges passieren? Er konnte sich sowieso an nichts erinnern. Kommissar Heller hatte ihn bereits einige Male aufgesucht. Der Kommissar schien etwas besorgt zu sein, doch Gabler verstand nicht, warum. Er wusste, dass er niedergestochen worden war und mit dem Kopf am Randstein aufschlug. Die alte Schachtel hatte ihm das Leben gerettet. Wer war sie? Und warum wurde er niedergestochen? Welchen Beruf hatte er, und ...? So ging es tagtäglich in seinem Kopf um.

Die Krankenschwester kam mit den Tabletten in sein

Zimmer und stellte sich vor ihn hin. „So, Herr Gabler, wir werden jetzt schön brav die bitteren Pillen schlucken, damit wir auch gut schlafen. Morgen sieht die Welt schon wieder ganz anders aus. Die Sonne wird scheinen und wir werden uns wieder wohl fühlen.“ „Befinden wir uns im Mittelalter?“ fragte er gereizt. „Warum würden Sie sonst immer in der Mehrzahl mit mir sprechen? Was heißt eigentlich immerzu ‘wir’? Ich schlucke die Pillen und nicht Sie, oder?“ Die Krankenschwester war Patienten wie ihn gewöhnt und lächelte verständnisvoll. Dieses Lächeln ging ihm aber auf die Nerven und so nörgelte er eine ganze Weile weiter, ohne eine Antwort zu erhalten. Etwas unwillig hatte er die Tabletten geschluckt, sank schließlich in seine Kissen und schlief ein.

49.

Die drei Frauen saßen im Wohnzimmer vor dem Kamin und starrten schweigend ins Feuer. Keine wollte als erste sprechen.

„Wenn der Kommissar Recht hat“, sagte endlich Olga, „dann sollte ich vorsichtig sein. Wenn mich Gablers Angreifer gesehen hat, dann wird er mich auch finden und abmurksen.“

Emma nickte mit dem Kopf. „Eigentlich ist es schrecklich nur daran zu denken, dass so etwas passieren könnte“, sagte Tantchen leise. „Also, was machen wir nun?“

„Ich bin der Meinung, dass wir zusammenbleiben und aufeinander aufpassen sollten“, erklärte Emma bestimmt. „Olga darf einfach nicht allein in ihr Haus zurück, und du, Tantchen, kannst auch nicht mehr zu Friedmann gehen.“

„Ach was“, sagte Frau Rügen. „Ich gehe sicherlich nochmals hin. Schließlich muss ich ja mein Testament unterschreiben!“ Sie begann herzhaft zu lachen. Olga erklärte ebenfalls, dass sie nach Hause gehen müsse. Erstens hätte sie ja gar keine Wäsche mit, und zweitens hätte sie sowieso keine Angst. Sie wolle auch Gabler einen Besuch im Krankenhaus abstatten.

Emma sah beide verzweifelt an. „Es ist euch vielleicht gar nicht richtig bewusst, dass es jemanden gibt, der über unsere Aktivitäten Bescheid weiß und vielleicht auch einer von uns den Hals umdrehen will.“ Entsetzt sahen sich

Tantchen und Olga an. Emma könnte wohl Recht haben, dachten sie. Emma erklärte ihnen, wie sie sich alles vorstelle. Sie würde mit beiden gemeinsam ins Krankenhaus fahren und danach bei Olga Wäsche abholen. Alle drei würden in Emmas Häuschen bleiben und keine dürfe alleine irgendwohin gehen.

„Das kann ja heiter werden", meinte Frau Rügen, „wenn wir drei aufeinander picken. Wir werden uns in die Haare kriegen." Mit einer Handbewegung wischte Emma alle Ausflüchte der beiden weg und erklärte kategorisch: „So werden wir es machen, und damit basta."

50.

Im Forsthaus liefen die Vorbereitungen für das Weihnachtsfest. Frau Friedmann freute sich schon auf die Feiertage mit der ganzen Familie. Frau Weirich war geschäftig in den Räumen unterwegs, um die Weihnachtsdekoration fertig zu machen. Alle Räume sahen jetzt gemütlich und picksauber aus. Fräulein Jindra hatte Alex mit dem Rollstuhl ins Wohnzimmer gebracht und die Kerzen des Adventkranzes angezündet. Der Junge hatte leuchtende Augen und plauderte munter drauf los. „Was mir das Christkind wohl heuer bringen wird?“, fragte er Fräulein Jindra. „Hast du denn schon einen Brief geschrieben?“, wollte sie wissen. „Natürlich habe ich einen Brief an das Christkind geschrieben, aber wenn es so viel zu tun hat ... – vielleicht kann es gar nicht alle meine Wünsche erfüllen.“ Die Krankenschwester lächelte. „Mach dir keine Sorgen. Auch die geheimsten Wünsche gehen in Erfüllung, wenn du nur fest daran glaubst.“ Alex sah in die brennenden Kerzen und faltete seine Hände zu einem Gebet. Fräulein Jindra liebte den Jungen sehr und schickte ebenfalls ein Stoßgebet zum Himmel.

Frau Weirich kam ins Zimmer und stellte eine große Schüssel mit Keksen auf den Tisch. „Darf ich vielleicht jetzt schon davon naschen?“, fragte Alex schüchtern. „Natürlich, dazu habe ich sie ja gebacken“, erwiderte Frau Weirich lachend. Er griff tüchtig zu und überlegte sich, wie

Weihnachten sein würde: seine Neffen würden zu Hause sein, sein Onkel würde kommen ... Er war überglücklich, dass es ihm schon so viel besser ging. Vielleicht würde er im nächsten Jahr schon alleine laufen können. In diesem Augenblick fühlte er sich stark und freute sich riesig auf das bevorstehende Fest.

Frau Friedmann hatte im Garten eine wunderschöne Tanne gefunden und wollte diese als Weihnachtsbaum im Haus haben. Allerdings war der Baum sehr groß. Sie wollte ihn nicht fällen, sondern mit den Wurzeln in einen großen Topf stellen, damit er nach den Feiertagen wieder im Garten eingegraben werden konnte. Sie dachte an ihre eigene Kindheit und wie schön Weihnachten in ihrem Elternhaus gewesen war. Die Kinder sollten heuer ein noch schöneres und festlicheres Fest feiern als in der Stadt. Etwas Schnee war bereits gefallen. Alles war so still und friedlich. Ihr Herz war erfüllt von Vorfreude und ihre Ängste waren wie weggeblasen. Ihre Söhne und ihr Mann würden da sein! Sie freute sich schon sehr auf das gemütliche Beisammensein. Wohlgefällig betrachtete sie die Tanne: Sie würde wunderschön sein mit all dem Weihnachtsschmuck. Sie ging zum Haus zurück, um Anweisung zu geben, die Tanne auszugraben und dann im Wohnzimmer, eingesetzt in einen Topf, aufzustellen.

51.

Die alte Frau Serensen kam von ihrem täglichen Einkauf zurück, legte die Sachen auf die schmierige alte Kredenz und brühte sich einen Tee auf. Seufzend ließ sie sich auf einen wackeligen Küchenstuhl nieder. „Dieses Weihnachten wird bestimmt für manche anders", lachte sie und nahm aus der alten Dose ein Keks heraus. Immer, wenn sie alleine im Haus war, pflegte sie laut mit sich zu sprechen und so plauderte sie auch jetzt vor sich hin.

Der alte Spiegel an der Vorzimmerwand war schon fast blind. Sie stand davor und betrachtete sich. „Tja, so verändert sich der Mensch!", sagte sie laut. „Alt und hässlich bin ich geworden. Früher einmal war ich wunderschön und schlank. Allen Männern verdrehte ich den Kopf, aber in diesem verdammten Nest weiß keiner mehr, wer ich einmal war." Sie streifte die langen, schmuddeligen Haare aus der Stirn. In ihrer Phantasie war sie wieder jung und schön. Langsam drehte sie sich im Kreis und summte ein Lied, das sie damals auf der Bühne gesungen hatte. Eine richtige Schauspielerin und Sängerin war sie nie gewesen, aber schön, das war sie.

Sie wischte ihre Gedanken mit einer Handbewegung weg und ging ins Wohnzimmer. Erschrocken blieb sie stehen. Ihre Stimme schrillte vor Zorn. „Was machen Sie in meinem Haus?" Langsam kam der ungebetene Gast auf sie zu. „Ja", sagte er, „es weiß kein Mensch mehr, wer Sie waren und wie schön Sie einst waren. Aber ich weiß es. Dass Sie zuviel reden und vor allem ständig die anderen Leute in diesem Kaff damit langweilen."

Mit großen Augen starrte die alte Frau ihren Besucher an und erwiderte leise: „Mir glaubt sowieso kein Mensch! Also warum haben Sie sich die Mühe gemacht, bei mir deswegen und noch dazu unaufgefordert einzubrechen?" Ihr Besucher lächelte teuflisch und sagte: „Sie werden in Zukunft keiner Menschenseele mehr etwas zu erzählen haben." Seine Hände legten sich wie eiserne Klammern um ihren Hals. Ein erstickter Aufschrei entrang sich der Brust der alten Frau und sie stürzte tot zu Boden.

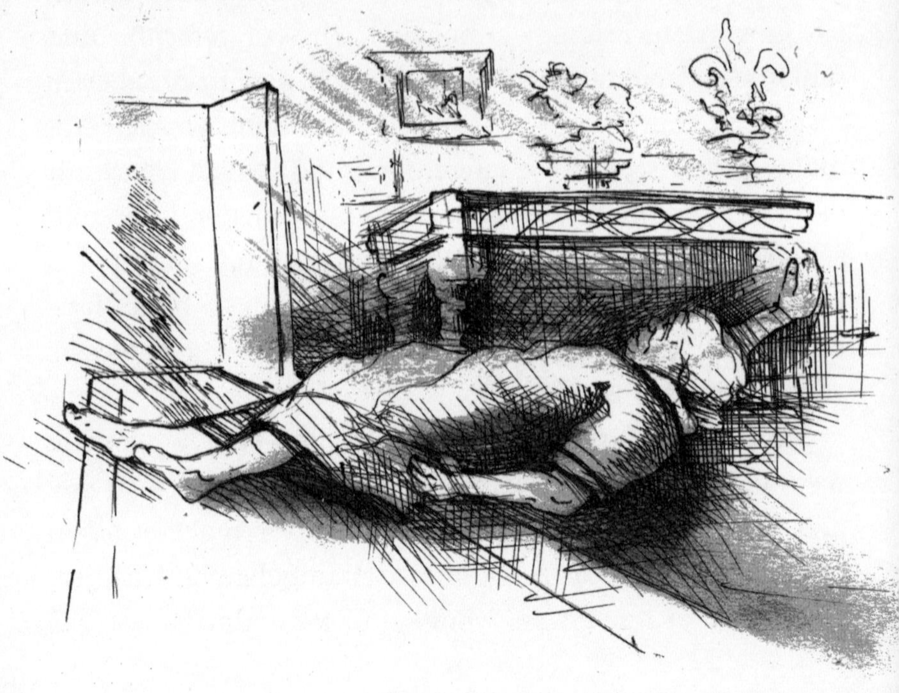

52.

Sergeant Machat trat in die Polizeistation und setzte sich in der Wachstube an seinen Platz. Er machte sich einige Notizen und blätterte lustlos in seinem Notizbuch. Eigentlich war er mit den Ergebnissen, die er bei seinen Nachforschungen gemacht hatte, nicht sehr zufrieden. Er zerbrach sich den Kopf, warum Heller bei Emma gewesen war; der Kommissar hatte bis jetzt kein Wort darüber verloren. Sein Kollege Sergeant Gregori, den er eventuell fragen könnte, war ebenfalls nicht da – aber ob der überhaupt etwas wüsste? Unzufrieden stieß er eine Lade seines Schreibtisches zu, nahm den Telefonhörer ab, wählte eine Nummer und sagte: „Ja, ich bin es." Die Stimme am anderen Ende der Leitung klang böse. „Sie sollen mich doch nicht anrufen." „Aber ich möchte Sie doch über einige Dinge informieren, die sicherlich sehr wichtig für Sie sind", erwiderte Machat. „Na schön", kam es aus der Leitung. „Wenn Sie es für so wichtig halten, müssen wir uns eben treffen. Im Moment habe ich aber keine Zeit. Ich werde Sie wie üblich verständigen, wann und wo wir uns treffen können." Machat grinste und legte grußlos den Hörer wieder auf die Gabel.

Im selben Moment kam Kommissar Heller ins Zimmer und teilte ihn zu einigen Arbeiten ein, die er „aber schleunigst ...!" – so die Worte des Kommissars – zu erledigen habe.

53.

In der Kanzlei Friedmann war viel zu tun. Vor Weihnachten war es immer so, dachte Frau Eislich. Alle Leute haben irgendwelche wichtigen Sachen, die vor Jahreswechsel noch zu erledigen sind. Jetzt hat sich auch noch der Kommissar angesagt! Was der noch von ihrem Chef wollte? Sie überlegte, ob es mit den Morden in dem kleinen Dorf, wo er jetzt wohnte, etwas zu tun haben könnte. Unmerklich schüttelte sie den Kopf. Das wäre ja lächerlich, dachte sie. Friedmann war ein angesehener Anwalt, immer geradlinig und sicher integer. Alle Angestellten seiner Kanzlei dachten doch so – und sie beobachtete heimlich ihre Kolleginnen.

Friedmann ging in seinem Zimmer unruhig auf und ab. Was wollte der Kommissar jetzt noch von ihm? Nervös zündete er sich eine Zigarette an. Er rauchte nur, wenn er nervös war, und jetzt war er sogar sehr nervös. Unangenehm, die ganze Sache. Seine Angestellten, vor allem Frau Eislich, machten sich sicherlich so ihre Gedanken, davon war er überzeugt und es beunruhigte ihn. Frau Eislich wusste viel über ihn und arbeitete schon viele Jahre bei ihm. Sogar seine Familie kannte sie. Klienten gab es, von denen sie die geheimsten, kleinsten Geheimnisse wusste.

Er dämpfte die Zigarette aus und rief Frau Eislich in sein Büro. Sie kam mit fragendem Blick ins Zimmer. Er bedeutete ihr, Platz zu nehmen. Ein wenig überrascht setzte sie sich und sah ihn fragend an. „Sie sind nun schon lange bei mir und kennen auch meine Familie sehr gut", begann er das Gespräch. Sie nickte zustimmend mit dem Kopf und blickte ihn unverwandt an. Friedmann war noch nervöser und zündete sich erneut eine Zigarette an. Frau Eislich war verwundert; sie war es nicht gewöhnt, ihren Chef rauchen zu sehen. Er blies den Rauch zur Decke und sein Blick wanderte langsam wieder zum Schreibtisch zurück, dabei blickte er sie nicht an und versuchte neuerlich ein Gespräch zu beginnen. „Ich bin sehr beunruhigt über den Besuch des Kommissars. Leider kann ich mir nicht vorstellen, was er noch von mir will. Hat er mit Ihnen irgendetwas gesprochen oder angedeutet?"

Frau Eislich verneinte. „Ich habe mir ebenfalls schon den Kopf zerbrochen. Als er zuletzt da war, handelte es sich um irgendeine dubiose Einzahlung. Aber diesmal kann es sich nicht um diese Einzahlung handeln."

Friedmann nickte zustimmend und sah seine Angestellte durchdringend an. „Wissen Sie vielleicht, warum Kommissar Heller noch einmal mit mir sprechen will?"

Sie überlegte eine Weile, dann sagte sie spontan: „Vielleicht wegen eines Klienten?"

Einige Zeit war es still im Raum, ehe Friedmann antwortete: „Ja, das könnte sein. Ich danke Ihnen."

Eine halbe Stunde später saß Kommissar Heller Friedmann gegenüber und erklärte, warum er nochmals gekommen war. Der Anwalt hörte schweigend zu, dann sah er den Kommissar an und antwortete: „Ich kann beim besten Willen nicht verstehen, was ich oder meine Frau mit der Sache zu tun haben sollten."

Heller lächelte. „Meine Ausführungen waren für Sie sicherlich klar. Dass Sie und Ihre Frau damit im Zusammenhang stehen, steht ja wohl außer Zweifel?"

Friedmann rückte nervös einen Bleistift zurecht und schwieg. Der Kommissar sah ihn neugierig an. „Also, was können Sie dazu sagen?"

„Ich kann Ihnen leider nicht helfen. Denn – und jetzt spreche ich auch für meine Frau – ich habe keine Ahnung, was Sie von uns wollen. Es stimmt, dass ich damals bei dem Prozess gegen Westend als Sozius dabei war, aber ich habe seither von ihm nichts gehört. Dass gerade er Postvorstand in dem Dorf ist, wo ich und meine Familie hingezogen sind, dafür kann ich nichts."

Heller beobachtete ihn scharf. Er glaubte, Unsicherheit in seiner Stimme zu hören. Nicht gut pariert, Anwalt, dachte er. „Was Sie mir da erzählen, weiß ich bereits. Ich habe Beweise, die zumindest Ihre Frau betreffen. Sie hatten nach wie vor Kontakt zu Westend und den beiden anderen, Kessler und Fobisch. Wie Sie ja sicherlich wissen werden, ist Kessler im Gefängnis gestorben. So bleiben noch Fobisch und Westend übrig. Fobisch habe ich überprüfen lassen. Er hat mit dem Mord an Westend nichts zu tun."

„Und was soll meine Frau mit der ganzen Sache zu tun haben?", erwiderte Friedmann wütend. Heller schwieg einige Augenblicke, ehe er antwortete: „Sie ist die uneheliche Tochter von Westend." Der Anwalt verlor jegliche Farbe aus seinem Gesicht. „Ja, das stimmt. Ich wusste es lange Zeit nicht, erst als meine Frau größere Beträge von mir verlangte, wurde ich unruhig und ließ sie durch einen Privatdetektiv beschatten. Als ich Bescheid wusste, sprach ich mit ihr und sie gab zu, dass ihr Vater immer wieder Geld von ihr verlangte, damit er mir nichts erzählt." Wütend sprang Friedmann jetzt vom Stuhl auf. „Er hat sie erpresst, verstehen Sie!"

Heller blieb ruhig. Im Aufstehen begriffen sagte er: „Das ist allerdings kein Grund dafür, einen Menschen zu ermorden."

Friedmann sah ihn fassungslos an. „Was behaupten Sie da!? Es stimmt nicht, dass ich oder meine Frau diesen Gauner ermordet haben. Ich war bei Gericht, als der Mord geschah und meine Frau bei unserem Neffen, dem es an diesem Tag sehr schlecht ging."

Heller winkte ab. „Ich habe bereits alles nachgeprüft. Sie und Ihre Frau haben tatsächlich ein unerschütterliches Alibi. Ich hätte Sie für klüger gehalten, Herr Anwalt."

Damit verabschiedete er sich und schloss leise die Türe. Kreidebleich blieb Friedmann zurück.

54.

Olga betrat das Krankenzimmer und setzte sich an Gablers Bett. Gabler schlief. Sie hatte ihm Blumen mitgebracht und kramte in der Tasche nach dem Scheck, den sie ihm geben wollte, als er munter wurde und sie böse anblickte. „Sie schon wieder!“, sagte er nach einer Weile. „Immer, wenn Sie auftauchen, passiert ein Unglück. Können Sie mich denn nicht endlich in Ruhe lassen? Auch wenn Sie mir das Leben gerettet haben – wofür ich Ihnen dankbar bin.“

Olga lächelte über seinen Ausbruch. „Ich habe Ihnen Blumen mitgebracht“, erwiderte sie ungerührt. „Außerdem bekommen Sie ja noch einen Scheck von mir für Ihre meisterhafte Arbeit.“

Etwas versöhnlicher brummte er: „Sie wissen ganz genau, dass ich immer gute Arbeit leiste.“ „Ja, aber in diesem Fall liegt die Sache doch etwas anders – oder?“, fragte Olga.

„Was wollen Sie damit sagen?“, fragte Gabler, nun doch neugierig geworden.

„Na ja, Sie können sich doch an nichts erinnern. Oder ist mittlerweile Ihr Gedächtnis zurückgekehrt?“

Nun musste Gabler doch lachen. „Sie sind mir schon eine! Aber Sie dürfen nichts dem Polizisten vor meiner Tür sagen! Ich weiß jetzt natürlich, wer mich so zugerichtet hat.“

Olga beugte sich neugierig zu ihm hinunter und er flüsterte ihr Einiges ins Ohr. Ungläubig richtete sie sich auf. „Aber das kann doch gar nicht sein!“, rief sie aus. Er nickte nachdrücklich mit dem Kopf. „Aus Tausenden von Menschen würde ich ihn wiedererkennen. Unangenehm ist, dass ich dem Kommissar nichts sagen kann. Meine Aufzeichnungen sind verschwunden und da waren auch einige Beweise darunter.“

Olga zuckte mit den Achseln. „Die kann man sich doch wieder beschaffen.“

Gabler sah sie ungläubig an. „Wer? Sie vielleicht?“, fragte er. „Ja. Warum denn auch nicht? Ich bin schließlich nicht auf den Kopf gefallen; ich werde die Sache schon richtig machen.“

Gabler lächelte und dachte: Die alte Schreckschraube; sie will meine Arbeit machen – dass ich nicht lache! Laut sagte er: „Na, wenn Sie glauben ...! Dann gebe ich Ihnen einige Tipps.“ Beide tuschelten noch eine Weile, dann stand Olga auf, wünschte ihm baldige Genesung und verließ das Zimmer. Der Polizist vor der Tür hatte sich erhoben, um nachzusehen, wie es dem Patienten ginge. Olga grinste ihn an:„Er fühlt sich ganz wohl“, sagte sie, „aber in seinem Kopf ist er nicht richtig, seitdem er einen Schlag drauf bekam.“

55.

Kommissar Heller stöberte in alten Akten. Hin und wieder gab er einen grunzenden Laut von sich. Er nahm den nächsten Akt her und blätterte ihn durch. Plötzlich pfiff er durch die Zähne. Aufmerksam las er den Bericht nochmals durch. Nach einer Weile schloss er den Akt, stand auf und rief Sergeant Gregori. Heller erklärte ihm die Sachlage und sie besprachen, was weiter unternommen werden konnte. Der Kommissar wies ihn darauf hin, dass er zum Schweigen verpflichtet sei; auch im Polizeirevier dürfe er nicht darüber reden. Grinsend nickte Gregori und ging aus dem Zimmer. Er zog sich seine Jacke an, setzte seine Polizeimütze auf und verließ das Revier.

Gemächlich ging er die Hauptstrasse hinunter. Beim Haus von Frau Serensen blieb er eine Weile stehen und beobachtete unauffällig die Passanten, die an ihm vorbeigingen. Unentschlossen drehte er sich auf dem Absatz um und wollte in die andere Richtung gehen, änderte aber seinen Entschluss und betrat das Grundstück der alten Frau. Er klopfte an die Tür und wartete. Da sich nichts rührte, klopfte er noch einmal kräftiger. Noch immer rührte sich nichts und so beschloss er, durch den Garten zur Rückseite des Hauses zu gehen, die von der Straßenseite aus nicht zu sehen war.

Langsam schritt er durch den verwahrlosten Garten bis

zur Hintertreppe. In der Küche brannte Licht. Neugierig blickte er durchs Fenster. „Oh mein Gott!", rief er aus, lief durch den Garten wieder auf die Strasse und blickte sich nochmals um. So schnell er konnte, rannte er zur Polizeistation. Ohne anzuklopfen stürzte er atemlos ins Zimmer des Kommissars. Heller blickte erstaunt auf. „Was ist passiert? Mann, so reden Sie schon!" „Die alte Serensen liegt in ihrer Küche tot auf dem Boden!", stieß Gregori hervor. „Ihr Gesicht ist ganz blau!"

Gemeinsam liefen Heller und Gregori zum Haus der alten Frau. „Brechen Sie die Türe auf!", befahl Heller. Gregori nahm einen kurzen Anlauf und prallte mit der Schulter gegen die Füllung der Küchentüre, die ächzend und splitternd aufsprang. Beide Männer beugten sich über die am Boden liegende Gestalt. Heller fühlte den Puls, doch er wusste, dass die Alte tot war. Sie durchsuchten oberflächlich die Räume, konnten aber nichts Wichtiges finden. Heller überlegte. „Ich gehe zum Revier zurück", sagte er zu Gregori. „Sie bleiben hier, bis ich mit der Spurensicherung und dem Fotografen komme. Ich verständige auch den Polizeiarzt." Heller verließ das Haus.

Der Sergeant betrachtete mit einigem Widerwillen die am Boden liegende alte Frau. „Ob sie etwas von den Morden wusste?", überlegte er. „Ach, was soll die schon damit zu tun gehabt haben! Sie war eine alte Schwätzerin. Kein Mensch hörte ihren Geschichten zu. Über ihre Vergangenheit wusste keiner etwas. – Aber wenn die Alte doch etwas wusste und es weitererzählte ..., vielleicht sogar zur richtigen Zeit?" Er sah sich in der schmutzigen Küche um und ging langsam ins Wohnzimmer, wo einige verblichene Bilder an der Wand hingen. „Familienportraits", dachte er. Verschiedene Leute in großen und kleinen Gruppen waren darauf abgebildet. Eine junge, sehr schöne Frau war allerdings auf allen Fotos dabei. „Vielleicht war die Alte einmal schön gewesen", überlegte er; doch dann schüttelte er den Kopf und ging wieder in die Küche zurück. Viele Dinge gingen ihm durch den Kopf und er nahm sich vor, allen Spuren nachzugehen, die sich ergaben. „Ihre Papiere müssen ordentlich durchgesehen werden. Vielleicht ergibt sich daraus etwas."

Der Polizeiarzt und die Leute von der Spurensicherung trafen fast gleichzeitig ein. Der Kommissar sprach längere Zeit mit dem Arzt, dann wurde die Leiche abtransportiert und die Wohnung freigegeben. Gregori durchsuchte gründlich das ganze Haus und fand in den schmuddeligen Laden einer alten Kommode viele Unterlagen und Dokumente.

56.

Nach dem Besuch im Krankenhaus fuhr Olga mit einem Taxi sofort zu Emma. Die drei Frauen setzten sich im Wohnzimmer zusammen. Emma und Frau Rügen lauschten aufmerksam Olgas Bericht. Olga, noch immer atemlos vom Erzählen, sah ihre Freundinnen an. „Nun, was sagt ihr dazu? Das ist doch toll, oder?", fragte sie. Entrüstet erwiderte Emma: „Was soll daran so toll sein? Das ist ja eine Zumutung. Erzähle es sofort Kommissar Heller."

Frau Rügen stimmte Emma zu. „Du weißt ja noch gar nicht das Neueste! Emma, erzähle, was sich in der Zwischenzeit ereignet hat."

Olga sah verstört drein, als sie fragte : „Nicht noch ein Mord!?" Emma musste lachen. Doch dann wurde sie ernst und erzählte, dass Frau Serensen erwürgt aufgefunden worden war. Das ganze Dorf sei total in Aufruhr, die Männer demonstrierten auf der Strasse und würden auf die Polizei schimpfen. Olga sah betroffen aus. „Die alte Serensen hat man erwürgt!? Ja, warum denn?"

Emma und Tantchen zuckten mit den Achseln. „Wenn das stimmt, was du uns gerade erzählt hast, dann brauchst du ja nur logisch zu denken und eins und zwei zusammenzuzählen. Wahrscheinlich waren die Geschichten, die die Alte erzählte, doch wahr", meinte Emma.

Frau Rügen saß im großen Ohrensessel und strickte. Beide sahen sie erwartungsvoll an. Irritiert blickte Frau

Rügen auf. „Was ist los?", fragte sie. „Du sagst ja gar nichts. Hast du denn keine Meinung?" Frau Rügen legte das Strickzeug beiseite und lehnte sich im Sessel zurück. „Tja, wenn ich darüber nachdenke, so ergibt die Sache sehr wohl Sinn. Alle drei Morde sind von einem und demselben Menschen verübt worden. Er ist verdammt wachsam. Außerdem muss er einiges über die Ermordeten gewusst haben. Emma hat Recht, Olga. Du solltest diese Geschichte unbedingt und sofort Kommissar Heller erzählen. Immerhin ist es möglich, dass du belauscht wurdest. Dann mußt entweder du oder der Privatdetektiv ins Gras beißen."

Olga setzte sich entrüstet auf. „Na hör mal! Ich habe es ja nur euch beiden erzählt! Und gelauscht kann niemand haben. Wir haben geflüstert und Gabler hat ..." Sie beendete den Satz nicht und sah sich erschrocken um. „Ihr meint ernstlich, dass ich in Gefahr bin?"

Emma und Tantchen schwiegen.

Olga sprang auf. „Ihr zwei seid unmöglich! Wollt ihr mich vielleicht für dumm verkaufen?", rief sie. Struppi legte sich zu ihren Füßen und sah gespannt zu ihr auf. „Was? Du willst auch nicht zu mir halten!? Böser Hund!", erklärte Olga. Alle lachten herzlich.

Emma ging zum Telefon und rief in der Polizeistation an, um mit Kommissar Heller zu sprechen. Es wurde ihr gesagt, dass er leider noch nicht da wäre und ob man ihm etwas ausrichten könne. „Ja, natürlich", antwortete Emma nachdenklich. „Wenn er wieder im Büro ist, soll er mich, bitte, anrufen." Sie bedankte sich noch und legte den Hörer auf. „Ob er wohl bald kommen wird? Mir ist gar nicht wohl in meiner Haut", sagte sie unruhig. „Außerdem weiß man nie, was passieren kann. Seid ihr zwei vielleicht anderer Meinung?" Olga und Frau Rügen schüttelten die Köpfe und starrten sich einige Zeit lang wortlos an.

„Ach was!", meinte Olga. „Es wir schon alles gut gehen! Ich bleibe heute hier, wenn es dir recht ist, Emma!"

„Ja natürlich! Ich hätte kein gutes Gefühl, wenn du alleine zu Hause wärest."

Emma ging hinauf, um das Gästezimmer herzurichten und ließ die beiden alleine. „Glaubst du, dass Emma mit ihrer Annahme Recht hat?", fragte Olga Tantchen. „Schwer zu sagen, aber es ist jedenfalls besser, wenn wir zusammen sind. Ob der Kommissar heute noch kommen kann ist fraglich. Ich glaube, dass man sich nicht darauf verlassen kann, dass es ihm auch ausgerichtet wird."

„Na, und wenn schon! Was kann schon passieren? Wir sind schließlich zu dritt, und du darfst nicht vergessen: Es gibt ja noch Struppi und der lässt niemanden rein, den er nicht kennt", erklärte Olga.

„Ja, da hast du allerdings Recht." Als ob der Hund es verstanden hätte, wedelte er mit dem Schwanz und ließ sich von Olga liebevoll hinter den Ohren kraulen.

57.

Im Forsthaus saßen der Kommissar und Frau Friedmann im Wohnzimmer. Heller erzählte Frau Friedmann von seinem Gespräch mit ihrem Mann. Nun erwartete er von ihr eine Erklärung. Sie sah blass und müde aus. Nervös knetete sie ihre Hände.

„Also gut, ich erzähle Ihnen alles. Meine Mutter hat mir nie gesagt, wer mein Vater ist. Als ich Philip Friedmann kennen lernte, war meine Mutter sehr gegen diese Verbindung. Schließlich setzte ich aber doch meinen Kopf durch und wir heirateten. Mein Mann wusste auch nicht, wer mein leiblicher Vater war. Wir waren viele Jahre glücklich, ohne dieses Wissen. Hin und wieder sprach ich mit meiner Mutter über dieses Thema, aber sie wollte es mir nicht erzählen. Erst als sie gestorben war, fand ich in den Papieren meiner Mutter einen Brief an Westend. Vorerst erzählte ich meinem Mann nichts davon. Ich fand heraus, dass mein Vater vor vielen Jahren in einen Raubüberfall verwickelt gewesen war. Über eine ehemalige Angestellte der Kanzlei, wo mein Mann damals als Sozius tätig war, erfuhr ich, wo Westend wohnte. Ich erfuhr auch, dass mein Mann alles über den Prozess wusste. Ich fuhr öfter nach Landau und beobachtete meinen Vater. Er war dort ein angesehener Mann und leitete das Postamt. Ich gab Briefe und Pakete auf. Es dauerte längere Zeit, bis ich mit Hilda vertrauter wurde, und so erfuhr ich alles über seinen derzeitigen Lebenswandel. Eines Tages gab ich mich ihm gegenüber zu erkennen und verabredete einen Treffpunkt außerhalb des Dorfes. Dabei überreichte ich ihm den Brief meiner Mutter. Er war schockiert. Im Laufe des Gespräches erfuhr er von meiner Heirat mit Friedmann. Ab diesem Zeitpunkt wurde ich von ihm erpresst. Über das Maklerbüro Warrend fand ich das Forsthaus und überzeugte meinen Mann, dass es für die Kinder das Beste wäre, aufs Land zu ziehen. So zogen wir nach Landau. Meine beiden Söhne blieben weiterhin wochentags im Internat und nur zu den Wochenenden kamen sie nach Hause. So hatte ich immer eine gute Ausrede, wenn ich heimlich meinen Vater traf, der nach Aussage der Dorfbewohner ein sehr zurückgezogenes Leben führte und von allen geachtet wurde. Mein Mann kaufte mir ein kleines Auto, damit ich Besorgungen machen und auch meine Söhne besuchen konnte."

„Die Renovierung des Hauses kostet viel Geld", erklärte sie dem Kommissar. „Ich habe dabei immer etwas Geld abgezweigt, denn mein Vater wurde immer dreister und verlangte ständig höhere Summen von mir. Dies blieb natürlich meinem Mann nicht verborgen. Er ist nicht geizig, aber wenn die Abrechnungen nicht stimmen, dann kann er sehr unangenehm werden. Anfangs nahm er an, ich hätte ein Verhältnis mit einem anderen Mann. Er ließ mich durch einen Privatdetektiv beschatten. Einmal fuhr er mir heimlich nach. Als ich wieder zu Hause war, fragte er mich rundheraus, wer der Mann war, mit dem ich mich getroffen hatte. Daraufhin erzählte ich ihm die ganze Geschichte. Er bat mich, Westend nicht mehr zu treffen und ihm auch kein Geld mehr zu geben.

Ich war erleichtert, dass mein Mann nun alles wusste. Er erklärte mir, er würde sich um die Sache kümmern. Ich solle mir keine Sorgen mehr machen, es würde alles wieder gut werden."

Ein Seufzer der Erleichterung kam über ihre Lippen und sie wischte sich die Tränen aus den Augen.

Heller hatte ihr ruhig zugehört, ohne sie zu unterbrechen. Er sah sie einige Minuten schweigend an. Dann fragte er streng: „Sie wollen mir also erklären, Sie hätten mit der Ermordung Ihres Vaters nichts zu tun?"

Erschrocken und mit zitternder Stimme hauchte sie: „Ich habe ihn nicht ermordet, bestimmt nicht."

Der Kommissar schüttelte den Kopf. „Wissen Sie, worüber Ihr Mann mit Westend sprechen wollte oder was er gegen ihn unternommen hat?", fragte er.

Unruhig rutschte sie auf ihrem Sessel herum. „Nein, ich weiß es leider nicht. Mein Mann hat nicht mehr mit mir darüber gesprochen und ich wagte nicht, ihn danach zu fragen. Es ist wie ein Albtraum; manchmal denke ich, er hat ihn umgebracht. Er war doch damals bei dem Prozess gegen alle drei Angeklagten dabei. Allerdings war er noch sehr unerfahren, aber trotzdem. Ich habe Angst und mache mir ständig Vorwürfe, dass ich ihm alles erzählt habe."

Heller versuchte, sie etwas zu beruhigen. „Ich glaube eigentlich nicht, dass er mit der Ermordung Ihres Vaters etwas zu tun hat. Allerdings bleiben nach wie vor noch einige Fragen ungeklärt, aber ..." Er tippte an seine Hutkrempe und verließ rasch das Zimmer.

58.

Der Mord an Frau Serensen war nicht nur Stadtgespräch, auch die Schlagzeilen in verschiedenen Zeitungen lauteten: „Alte Frau erwürgt in Landau aufgefunden." Dann wurde detailliert über den Mord berichtet und die Polizei als unfähig bezeichnet. Die beiden Morde an dem Postvorstand und dem Wachtmeister seien noch immer nicht aufgeklärt; in dem kleinen Dorf würden die Menschen ständig in Angst und Schrecken leben.

Die drei Frauen saßen beim Frühstück. Jede hatte eine andere Zeitung zum Lesen vor sich. Olga brummte vor sich hin. „Diese alte Plaudertasche! Eigentlich geschieht ihr Recht." Emma sah sie über den Rand ihrer Lesebrille an. „Das ist aber nicht sehr nett von dir. Man wünscht doch keinem Menschen den Tod, auch wenn er noch so böse ist", meinte sie.

Olga zuckte nur mit den Schultern. „Wann wird endlich der Kommissar kommen?" Frau Rügen legte ihre Zeitung weg. „Meiner Meinung nach wird er jetzt schwer beschäftigt sein. Die Öffentlichkeit macht jetzt noch mehr Druck auf ihn."

„Ich bin überzeugt, dass er bereits weiß, wer alle drei umgebracht hat, aber es fehlen ihm noch Beweise", erwiderte Emma überlegen. Alle drei sahen sich an und Olga und Tantchen konnten nur mit Mühe ein Lächeln verbeißen.

„Was ist los?“, fragte Emma gereizt.

„Gar nichts“, erwiderte Frau Rügen, „nur dass wir das Gefühl haben, dass du noch mehr weißt als der Kommissar.“

Entrüstet stand Emma auf. „Ich lasse mich von euch doch nicht hänseln!“ Sie begann, den Tisch abzuräumen. Olga half ihr dabei, sah sie aber nicht an. „Wie Emma sich eigentlich über solche Kleinigkeiten aufregen kann!“, dachte sie.

Frau Rügen war ins Wohnzimmer gegangen und machte es sich in dem Fauteuil beim Kamin gemütlich. Sie schloss die Augen und dachte nach. „Der Kommissar hat bestimmt schon einen Haftbefehl ausgestellt; dann gibt es bald wieder neue Schlagzeilen in den Zeitungen. Er ist ein alter Fuchs und weiß mehr als er sagt. Mich würde nicht überraschen, wenn er den Anwalt in Verdacht hat. Obwohl ...“ Sie dachte über ihre Begegnungen mit dem Anwalt nach, wischte diese Gedanken aber mit einer Handbewegung weg. „Blödsinn! Der Mann ist sauber, aber irgendein Geheimnis umgibt ihn, davon bin ich felsenfest überzeugt. Wenn ich nur wüsste ...“

In der Küche waren die beiden Frauen mit dem Wegräumen und Abwaschen des Geschirrs fertig geworden und Emma ließ Struppi in den Garten; bellend und schwanzwedelnd sprang er in den Schnee. In den letzten drei Tagen hatte es viel geschneit und alles war so ruhig und gedämpft. Olga sah ihm vom Fenster aus zu. Hin und wieder stieß sie einen Freudenschrei aus, wenn der Hund seine Späße trieb. Emma trat zu ihr: „Wir sollten leise sein", sagte sie. „Ich glaube, Tantchen ist eingeschlafen". Plötzlich hörten sie ein Auto kommen und beide stürmten in den Vorraum. Emma schob Olga beiseite und sagte, leise den Finger auf den Mund legend: „Zuerst müssen wir hinaussehen, wer es ist." Flüsternd erwiderte Olga: „Na, wer soll es schon sein? Der Kommissar natürlich!"

Emma schob sie von der Türe weg und sah durch das Guckloch. Im Garten tobte Struppi; er bellte sich fast die Seele aus dem Leib. Auch wenn er nur ein kleiner Hund war, verteidigte er sein Revier mit all seiner Kraft. Vor der Türe stand Sergeant Machat. Er lächelte vor sich hin. Emma öffnete langsam die Türe einen Spalt und fragte: „Ja? Was kann ich für Sie tun?"

„Sie wollten mit Kommissar Heller sprechen. Da er jetzt aber keine Zeit hat, schickte er mich vorbei. Gibt es ein Problem?"

Emma lief es eiskalt den Rücken runter, als sie seine Stimme hörte. Sie klang kalt und befehlend. „Ach, wissen Sie, es hat sich in der Zwischenzeit erledigt. Ich habe nur vergessen, nochmals anzurufen. Ich werde halt langsam alt."

Der Sergeant grinste. „Da kann man nichts machen. Ich hatte sowieso nichts anderes zu tun. Dann wünsche ich noch einen schönen Tag." Er griff an die Krempe seiner Kappe und entfernte sich. Er ging sehr gemächlich zum

Auto zurück.

Olga, die sich im Hintergrund aufhielt, sagte erleichtert: „Gepriesen sei der Herr! Er ist weg."

„Ja, es scheint so", erwiderte Emma. „Aber sicher bin ich mir nicht. Struppi bellt immer noch." Beide gingen wieder zur Terrassentüre und Emma rief nach dem Hund. Langsam und knurrend kam er angewackelt. „Sei brav und gib jetzt Ruhe!", befahl sie mit strengem Ton. Er setzte sich hin und sah sie aus seinen treuherzigen Augen fragend an.

Frau Rügen war aus ihren Gedanken gerissen worden, als es an der Türe klingelte. „Wer war denn da?", fragte sie jetzt. „Ist etwas Wichtiges geschehen?"

„Nein, es war nur Sergeant Machat", sagten Emma und Olga gleichzeitig.

„Aha! Und was wollte er?" „Ganz komisch war das. Der Kommissar hätte jetzt keine Zeit und daher habe er ihn geschickt", erwiderte Olga nachdenklich.

Emma nickte mit dem Kopf. Sie fühlte sich nicht wirklich wohl in ihrer Haut. Sie eilte ins Vorzimmer und verriegelte die Haustüre, dann lief sie zur Terrassentüre zurück und versperrte auch diese.

Tantchen und Olga schauten sich verdutzt an. „Was machst du da?", kam es wie aus der Pistole geschossen von beiden. „Ich habe so ein komisches Gefühl", antwortete Emma und bat Olga, nach oben zu gehen und die Fenster gut zu verschließen. Kopfschüttelnd ging Olga folgsam, aber gemächlich die Stufen nach oben. Als sie die Fenster zur Straßenseite geschlossen hatte, ging sie in die gegenüberliegenden Schlaf-, bzw. Gästezimmer. Beim Schließen des ersten Fensters sah sie undeutlich eine Gestalt im Garten. „Olga hat mich mit ihrem schlechten Gefühl wohl angesteckt; ich sehe schon Gespenster“, dachte sie und schloss die Augen. Als sie ihre Augen wieder öffnete, sah sie noch immer schemenhaft die Gestalt hinter einem Baum stehen. Entschlossen und rasch machte sie alle anderen Fenster auch noch zu und lief so schnell sie ihre kurzen Beine trugen wieder ins Wohnzimmer. „Da draußen ist jemand! Ich konnte nur nicht erkennen, wer es ist, aber von der Statur her ist es sicherlich ein Mann. Er versteckt sich hinter einer großen Tanne!“ Emma lief nervös im Zimmer auf und ab. „Was soll ich nur tun?!“, dachte sie. Kurz entschlossen lief sie zum Telefon, hob den Hörer ab und wollte die Nummer des Polizeireviers wählen, hörte aber kein Freizeichen. Das Telefon war tot. Als sie ins Wohnzimmer zurückkehrte, erklärte sie seelenruhig: „Das Telefon funktioniert nicht. Ob wir eine Störung haben? Es ist immerhin viel Schnee gefallen.“ Tantchen und Olga sahen bestürzt aus. „Was soll das?“, sagte Frau Rügen. „Auch wenn viel Schnee gefallen ist, kann er die Leitungen nicht beschädigen; immerhin hatten wir schon strengere Winter als heuer.“

Olga pflichtete ihr bei. „Vielleicht sollte ich ins Dorf gehen, um Hilfe zu holen.“ Eigentlich war es von ihr nur

so dahingesagt. Sie hatte viel zu viel Angst, alleine zu gehen und es dämmerte schon. „Schließlich, wer weiß, was dir alles passieren kann!“, dachte sie. „Nein, du bleibst schön, wo du bist.“

„Ich werde uns schnell einen kleinen Imbiss herrichten – und außerdem haben wir ja Struppi“, erklärte Emma. Alle drei sahen auf den Hund, der gemütlich und ohne jegliches Anzeichen von Furcht vor dem Kamin lag und schlief. Tantchen musste lachen. „Da seht ihr mal wieder: 'Ein ruhiges Gewissen ist ein sanftes Ruhekissen.' Er macht sich überhaupt keine Sorgen.“

„Wenn wirklich jemand im Garten wäre, würde er es doch melden?“, fragte sie dann Emma. „Natürlich“, gab diese zur Antwort. „Er ist ein sehr braver und aufmerksamer Hund. Er würde sich jedem Eindringling in den Weg stellen und ihn sogar beißen. Einmal hat er den Gärtner von Frau Hauser gebissen, weil er mit der Heckenschere auf mich zukam. Oder damals, als ein Stück Kohle aus dem Kamin fiel und der Teppich zu brennen begann. Er hat so laut gebellt, bis ich nachsehen ging und – Gott sei Dank! – es ist nicht viel passiert.“

Damit verließ Emma die beiden Frauen und machte sich in der Küche zu schaffen.

59.

Kommissar Heller saß in seinem Büro und überprüfte nochmals gründlich die Aussagen der Dorfbevölkerung. „Wie immer“, sagte er laut, „keiner hat was gesehen oder gehört. Alle sind nur mit ihren eigenen Angelegenheiten beschäftigt. Einmal möchte ich erleben, dass auch nur ein Einziger etwas gesehen hat.“

Seufzend legte er den Stapel Papiere weg, hängte seinen Schal um, setzte die Mütze auf, zog seinen Mantel an und verließ das Polizeirevier. Er ging rasch zu seinem Auto. Er musste langsam gehen, denn die Straßen waren stark verschneit und teilweise sogar eisig. In seinem Kopf schwirrten die Fakten umher. Er versuchte, klare Gedanken zu bekommen und öffnete das Fenster einen Spalt weit. Bald waren die Lichter der Stadt zu sehen und er parkte sich beim Krankenhaus ein.

Als er ins Zimmer von Gabler kam, lag dieser nicht mehr im Bett. Der Beamte vor der Türe hatte mit keinem Wort erwähnt, dass der Patient das Zimmer verlassen hatte. Wütend stellte ihn Heller zur Rede. „Wo ist Gabler?“ Der Beamte grinste. „Wo alle Menschen einmal hingehen müssen“, erklärte er tiefsinnig. Heller zog die Luft tief in seine Lungen und wartete einige Minuten am Gang, dann wurde es ihm zu dumm und er ging wieder ins Krankenzimmer. Nach 10 Minuten kam Gabler leicht wankend ins Zimmer.

„Oh, der Herr Kommissar! Welche Überraschung!", sagte er zynisch. Heller nickte nur mit dem Kopf und setzte sich ans Bett. „Wie geht es Ihnen?", fragte er.

„Ach, wie soll es einem schon gehen, wenn man mit dem Kopf aufgeschlagen ist und einem ein Messer in den Rücken gesteckt wurde!?"

„So wie Sie aussehen, geht es Ihnen schon viel besser und das Gedächtnis kommt hoffentlich auch langsam zurück", erwiderte der Kommissar.

Gabler sah ihn interessiert an. „Woher wollen Sie das wissen?", fragte er nach einer Weile.

„Das tut hier nichts zur Sache. Wichtig wäre, wenn Sie mir endlich den Tathergang schildern würden. Es ist nämlich noch jemand ermordet worden. Ich bin davon überzeugt, dass dieser Mord auch mit den anderen im Zusammenhang steht."

„Ich habe es schon gelesen", erwiderte Gabler trocken, „aber das ich sicherlich nicht mein Problem."

„Wollen Sie mir nun endlich berichten, was sich abgespielt hat?", fragte Heller leicht gereizt.

„Na schön, ich erzähle Ihnen alles, was ich weiß: Begonnen hat es mit Frau Lechner. Sie wollte einige Nachforschungen über Persich – einen angeblichen Freund von diesem Anwalt – und über Fobisch. Sie wissen schon: den dritten Beteiligten beim Raubüberfall." Heller nickte nur.

„Sie erzählte mir auch einiges über den Rechtsverdreher und da ich zur Zeit nichts zu tun hatte, übernahm ich den

Auftrag. Zuerst führte mich mein Weg zur Zeitung, wo ich die alten Berichte über den Raubüberfall heraussuchte und las. Dann spürte ich Fobisch auf und befragte ihn über Westend. Zuerst wollte er sich gar nicht daran erinnern. Ich half ein wenig mit Geld nach. Er behauptete steif und fest, dass Westend den Wachebeamten erschossen und Friedmann, der damals erst sein Praktikum machte, einige wichtige Unterlagen vernichtet hätte. Er, Kessler und Westend lernten sich in einer Kneipe kennen und da sie alle drei knapp bei Kasse waren, kamen sie auf die Idee, einen Raubüberfall zu machen. Zuerst war es nur so eine Prahlerei, aber dann wurde es zur fixen Idee. Kessler erledigte die Hauptarbeit: wann die beste Zeit für den Überfall wäre, wer aller in den Kassenräumen wäre, wo sich der Wachebeamte aufhielt, usw. Aber die Geschichte ist Ihnen sicherlich schon bekannt. Jedenfalls mussten Kessler und er in den Knast, Westend jedoch ging frei aus. Fobisch ist heute immer noch davon überzeugt, dass Westend das Geld versteckt hat. Er hat sogar versucht, mit Westend Kontakt aufzunehmen, nachdem er seine Haftstrafe abgesessen hatte. Nach dem Überfall wurde nämlich beschlossen, dass die Beute durch drei geteilt wird. Doch die Polizei hat das erbeutete Geld niemals gefunden."

„So muss es wohl gewesen sein", sagte Heller.

„Jedenfalls erzählte ich dasselbe auch Frau Lechner, die allerdings einige Dinge schon wusste. Dann bekam ich anonyme Anrufe. Wobei der Anrufer – es handelte sich zweifelsohne um einen Mann – mir nahe legte, die Nachforschungen einzustellen, oder ... Es lag eine deutliche Drohung in seiner Stimme. Ich habe natürlich keinen Moment daran gezweifelt, dass der Anrufer seine nichtausgesprochene Drohung wahrmachen würde. Aber ich dachte mir, hinter der Sache steckt mehr und machte halt weiter. Da ich mir den Gerichtsakt besorgen konnte, studierte ich diesen ebenfalls sehr eingehend. Ich nehme an, dass Sie das selbst auch schon gemacht haben. Dabei fand ich heraus, dass Westend zwei uneheliche Kinder hatte: eine Tochter und einen Sohn. Was aus der Tochter wurde, wissen wir ja bereits. Nur über den Sohn konnte ich nichts herausfinden. Meine Nachforschungen blieben ergebnislos."

Heller war nun sehr interessiert und drängte ihn, weiterzuerzählen.

„Sie können mir glauben, Herr Kommissar, ich habe alle möglichen Geburtsregister durchgesehen und stieß dabei auf eine sehr interessante Eintragung. Sie bestätigte, dass Frau Maria Serensen einen Jungen auf die Welt gebracht, ihn aber zur Adoption freigegeben hatte. Sie nannte sich damals Mary van Helm. Es war ihr Künstlername; sie war beim Varieté. Ich ging der Sache nach und stieß auf ein Ehepaar namens Maschet, das den Jungen adoptiert hatte. Leider lebt nur noch die Frau. Natürlich habe ich sie aufgesucht, um mehr über das Kind zu erfahren. Sie war sehr gesprächig. Der Junge war sehr intelligent und studierte

Rechtswissenschaft. Das Studium hat er aber vorzeitig abgebrochen. Seither weiß sie nicht mehr, was er macht oder wo er sich aufhält. Er schreibt ihr nicht und besucht sie auch nicht. Auch zum Begräbnis ihres Mannes ist er nicht gekommen. Darüber war sie sehr traurig. Ihr Mann hatte sich immer liebevoll um ihm gekümmert. Er hat immer zu ihm gesagt: 'Wenn du etwas erreichen willst, musst du nur fest daran glauben und viel lernen.' Danach zeigte sie mir Fotos und die Adoptionspapiere. Einige Bilder von der leiblichen Mutter zeigte sie mir auch. Mary war wirklich eine schöne Frau. Leider wusste ich aber immer noch nicht, ob das wirklich mit Westend zusammenhing. Als ich an diesem Tag in mein Büro zurückkam, fand ich einen Zettel vor."

Gabler zog unter seinem Kopfpolster ein zerrissenes Stück Papier hervor. Heller nahm es ihm ab und las es. Er nickte mit dem Kopf. „Ja, das ist natürlich eine Sensation", sagte er. „Konnten Sie ihre Entdeckung Frau Lechner mitteilen?"

Gabler überlegte eine Weile. „Ja sicherlich, sie ist doch meine Auftraggeberin und außerdem wurde ich von ihr gut bezahlt."

Grußlos stürzte der Kommissar aus dem Krankenzimmer. Dem Beamten vor der Türe befahl er noch: „Passen Sie ja auf den Mann sehr, sehr gut auf! Wenn ihm etwas passiert, sind Sie dran." Verdutzt nickte der Beamte und sah ihm nach.

60.

Frau Weirich hatte im Forsthaus alle Hände voll zu tun. Sie musste das Essen kochen und die Zimmer sauber machen. Mittlerweile beschäftigte sich Fräulein Jindra mit den Kindern. Herr und Frau Friedmann saßen in ihrem gemütlichen Wohnzimmer beim Kamin. Der Anwalt las in einem Buch und seine Frau sah die Post durch. Plötzlich stieß sie einen kurzen Schrei aus. Ihr Mann sah sie besorgt an. „Was ist los?", fragte er. Sie hielt ihm einen Brief hin. „Lies doch selbst", sagte sie. Er nahm ihr das Schreiben ab und las es. Als er damit fertig war, sagte er: „Warum du dich darüber noch aufregen kannst, verstehe ich nicht. Es ist doch alles in schönster Ordnung! Dieser Brief kommt um einige Tage zu spät, denn der Kommissar weiß schon Bescheid." Unsicher sah sie ihn an. „Meinst du wirklich?", fragte sie. „Natürlich. Wir haben doch nichts verschwiegen!", stellte er fest. „Aber es wäre gut, wenn der Kommissar den Brief zu sehen bekommt; vielleicht ist es wichtig". Er stand auf und ging in die Vorhalle, um zu telefonieren.

Julia blieb alleine zurück; sie war bedrückt. „Heute ist Heilig-Abend", dachte sie. „Die Kinder dürfen von unseren Problemen nichts erfahren. Vor allem Axel nicht; er hat sich doch so wundervoll erholt. Langsam beginnt er wieder von alleine zu gehen und seine Wangen sind schon vor Vorfreude auf das Fest gerötet. – Aber wusste der Kommissar wirklich schon alles?“ Sie dachte über die Reaktion ihres Mannes nach, als er den Brief las; es war ihr, als zucke er leicht zusammen. „Vielleicht hat er dem Kommissar doch nicht alles erzählt?“

Dann wischte sie die Gedanken weg und rückte die Weihnachtspäckchen vor dem wunderschön geschmückten Christbaum zurecht. „Wenn wir gegessen haben, ist Bescherung. Die Kinder werden Augen machen!“ Lächelnd ging sie aus dem Zimmer. Sie hörte ihren Mann mit dem Polizeirevier telefonieren. Seine Stimme klang nicht sehr aufgeregt und trotzdem beschlich sie ein ungutes Gefühl. Sie ging langsam die Treppen zu den Zimmern der Kinder hoch und lauschte vorsichtig dem Gespräch. Als sie oben anlangte, sprang Thomas um die Ecke und schrie: „Hände hoch! Das ist ein Überfall!“ Erschrocken und bleich blieb sie stehen. „Aber Mama, entschuldige, ich wollte dich nicht so erschrecken!“, erklärte der Junge. „Ist schon gut“, sagte sie langsam. „Ich bin nur etwas abgespannt und müde. Den heutigen Tag wollen wir uns nicht verderben lassen.“ Sie nahm ihn an der Hand und ging mit ihm ins Kinderzimmer.

61.

Auch bei Emma liefen die Vorbereitungen für das Weihnachtsfest auf Hochtouren. Olga hatte die Tanne geschmückt und Frau Rügen verpackte die Geschenke. Emma lief in der Küche auf und ab, stellte dort etwas hin und da. In Gedanken war sie aber ganz woanders. Eigentlich war sie froh, dass ihre Tante und Olga dieses Weihnachten bei ihr waren. Sonst war sie zu Weihnachten immer alleine. Sie sollte eigentlich glücklich sein, aber die vergangenen Ereignisse ließen sie nicht los. Letzte Nacht hatte sie sehr schlecht geschlafen. Ständig sah sie einen Mann im Garten herumschleichen. „Das sind nur meine Nerven", dachte sie. Struppi hätte sicherlich gebellt. Das Telefon funktionierte auch wieder – eigenartig war es schon. Heute vormittags kam ein Anruf vom Revier, in dem man erklärte, dass der Kommissar am nächsten Tag vorbeikommen würde. Olga hatte, als das Telefon klingelte, vergnügt gesagt: „Die Drähte sind also nicht durchgeschnitten worden! Dann kann ich ja im Krankenhaus anrufen, um zu fragen, wie es Gabler geht. Vielleicht wird er schon nach Hause entlassen."

Emma hatte dazu nur gelächelt und sich schleunigst in die Küche begeben, um Olgas Erzählungen auszuweichen. Lange konnte sie sich aber davor nicht drücken, denn Olga erklärte ihr wiederholt, Gabler dürfe schon heute nach Hause gehen. „Ob es wohl viel Umstände machen würde, wenn er mit uns allen feiert? Er hat doch keine Familie!"

Emma gab nach und versprach Olga, den feinen Herrn aus dem Krankenhaus abzuholen. Olga und Frau Rügen beratschlagten, was sie Herrn Gabler schenken könnten, als Emma fertig angezogen ins Zimmer kam und Olga fragte, ob sie nun mitfahren wolle.

„Eigentlich will ich schon; aber vielleicht ist es besser, wenn Tantchen nicht alleine bleibt", erwiderte Olga.

Frau Rügen stand auf. „Ach was, wir fahren alle drei und in der Stadt kaufen wir noch eine Kleinigkeit für den ungebetenen Gast", meinte sie. Emma sah überrascht drein. „Aber das ist eine großartige Idee!", sagte Olga. „Das Dreimädel-Haus ist unterwegs!"

62.

Kommissar Heller saß im Büro seines Vorgesetzten Markl, einem Mann in den Sechzigern mit Schnurrbart, intelligenten grauen Augen und gütigem Gesicht. Er führte schon viele Jahre die Polizeipräfektur mit eiserner Hand. Heller berichtete über den neuesten Stand der Ermittlungen. Markl hörte ihm aufmerksam zu, nur hin und wieder stellte er eine Zwischenfrage. Als der Kommissar mit seinem Bericht fertig war, nickte sein Vorgesetzter nachdenklich mit dem Kopf.

„Wäre es nicht besser", sagte er schließlich, „wenn Sie die drei Damen nochmals aufsuchen würden? Vielleicht hat sich in der Zwischenzeit etwas Neues ergeben. Immerhin sind die drei nicht auf den Kopf gefallen und haben Ihnen bei den Ermittlungen geholfen. Damit wären sie aber auch in Gefahr, denn was Sie und die drei Frauen wissen, wird sicherlich auch der Mörder wissen. Gabler hat noch das Pünktchen auf dem i geliefert. Ich bin davon überzeugt, dass Sie bereits wissen, wer die Morde begangen hat."

„Selbstverständlich kenne ich den Täter, aber mir fehlt leider immer noch ein Beweis. Ich habe bereits Vorkehrungen getroffen, sodass es zu keinem unliebsamen Zwischenfall kommen kann."

„Hoffentlich behalten Sie Recht, denn die Öffentlichkeit ist schon sehr aufgebracht und ich kann nur mit Mühe die

Reporter hinhalten." Heller grinste. „Das fällt Ihnen sicherlich nicht schwer; schließlich waren Sie früher öfter in der gleichen Lage wie ich jetzt", sagte er.

„Ja", erwiderte Markl gedehnt, „aber das ist schon lange her und nun sind Sie am Zug. Also, unternehmen Sie das, was Sie für richtig halten. Aber bald, ehe wirklich noch etwas passiert."

„Heute ist Heilig-Abend", erklärte Heller gelassen, „aber ich werde unverzüglich das Dreimädel-Haus aufsuchen." Markl erhob sich und schüttelte dem Kommissar herzlich die Hand, wobei er ihm lächelnd einen ruhigen Abend wünschte und ihn damit entließ.

Heller schloss die Tür hinter sich. „Dieser alte Fuchs schickt mich doch tatsächlich heute noch auf die Jagd", murmelte er. „Aber mir soll es Recht sein." Langsam ging er den Flur hinunter.

63.

In der Stadt kauften Emma und Olga eine Krawatte für Gabler. Frau Rügen blieb solange im Auto sitzen und las die Zeitung. Endlich kamen die beiden, total erhitzt und atemlos, zum Auto zurück. Emma machte Olga die Türe auf und stieg ein.

„Was habt ihr gekauft?", fragte Frau Rügen. „Wir haben eine Krawatte ausgesucht", antworteten beide gleichzeitig. „Sie ist wirklich schön", fügte Olga noch hinzu.

Dann fuhren sie zum Krankenhaus, wo Gabler schon wartete. „Oh Gott!", dachte er, „alle drei sind gekommen. Was werden das wohl für Feiertage werden?" Entschlossen stieg er in das Auto ein. Er wurde herzlich begrüßt und nach seinem Befinden befragt. Die Aussicht, endlich etwas wirklich Gutes in den Magen zu bekommen, stimmte ihn schon wieder fröhlicher und bei der Heimfahrt plauderten sie über belanglose Dinge.

Der Privatdetektiv fühlte sich in Emmas Haus recht wohl. Er besichtigte alle Räume und stellte fest, dass Emma einen sehr guten, allerdings etwas altmodischen, Geschmack besaß. „Ein richtig gemütliches Heim haben Sie", sagte er, nachdem er in die Küche gekommen war, um ihr beim Vorbereiten der Speisen zu helfen. „Vor allem Ihre Küche ist wirklich schön, und so geräumig ..." Emma murmelte ein Dankeschön und bat ihn, Olga und Tantchen zum Essen zu bitten.

Nach dem Essen saßen sie alle im Wohnzimmer. Die Kerzen am Weihnachtsbaum wurden angezündet und im Kamin prasselte ein gemütliches Feuer.

Beim Kaffee fragte Olga: „Hat Sie der Kommissar schon in die Hände bekommen?“ Gabler zuckte leicht zusammen. „Ja, er war vorgestern bei mir und ich habe ihm alles erzählt, was ich weiß.“

Es war plötzlich ganz still im Raum; man hörte nur das Feuer knistern.

Emma unterbrach die Stille. „Es ist wahrscheinlich das Beste gewesen, dem Kommissar alles zu erzählen; vielleicht kann er jetzt endlich den Fall abschließen und den Mörder dingfest machen.“ Olga nickte und Tantchen sagte leise: „Hoffentlich bald. Ich fürchte, dass vielleicht doch noch etwas Unvorhergesehenes passieren könnte.“

Olga sprang auf. „Jetzt haben wir aber wichtigere Dinge zu tun. Die Geschenke müssen noch verteilt werden.“ Sie bückte sich umständlich und gab jedem ein Päckchen, wobei sie hinterhältig lächelte. „Fröhliche Weihnachten!“, sagte sie. „Und viel Vergnügen beim Auspacken!“ Emma teilte ihrerseits die Geschenke aus. Frau Rügen, die schon ziemlich müde war, bat Emma, auch den Rest der Päckchen zu verteilen; sie wolle nicht aufstehen, da sie Rückenschmerzen hätte. Emma erfüllte ihr den Wunsch und so waren alle mit dem Auspacken beschäftigt. Hin und wieder hörte man ein erstauntes und erfreutes „Oh!

Wie schön! Das muss ja ungeheuer teuer gewesen sein!"

Nachdem alle Kaffee getrunken hatten, räumte Emma den Tisch ab und brachte das Geschirr in die Küche. Olga folgte ihr. „Lass mich das machen; du hast heute schon so viel gearbeitet und es macht mir Spaß. Geh du nur wieder zu den anderen!", sagte Olga. Emma zuckte mit den Schultern und ging zurück ins Wohnzimmer. Struppi lag auf seinem Lieblingsplatz beim Kamin und schlief. Plötzlich spitzte er die Ohren und begann zu knurren. Emma wollte ihn beruhigen, doch Struppi sprang auf, lief zur Haustüre und bellte lautstark los. Olga kam aus der Küche gelaufen. Sie hatte noch das Geschirrtuch in der Hand und rief aufgeregt: „Was ist los? Ist etwas passiert?" Emma und Herr Gabler waren ebenfalls ins Vorzimmer gekommen. Nun sah Emma durch den Spion in ihrer Wohnungstüre. Mit der Hand deutete sie nach rückwärts und legte den Zeigefinger an den Mund. Alle waren still, nur Struppi knurrte leise vor sich hin. Dann entfernte sich Emma wieder von der Türe und zog alle ins Wohnzimmer. „Was ist los?", fragte Olga, noch immer aufgeregt. „Ich weiß auch nicht", erwiderte Emma. „Es muss jemand draußen sein, ich habe einen Schatten gesehen". Olga lachte gekünstelt und meinte: „Es ist der Mörder!" Alle sahen sie böse an. Sie zuckte mit den Schultern. „Man wird doch noch einen Spaß machen dürfen!", brummte sie. „Mit so etwas macht man keine Scherze", tadelte sie Frau Rügen. „Das solltest du in deinem Alter schon wissen. Vorgestern hat sich

schon jemand im Garten herumgetrieben. Bisher hat sich auch der Kommissar noch nicht bei uns gemeldet – das alles finde ich sehr mysteriös."

Betroffen sagte Olga leise: „Entschuldigt meinen dummen Scherz, aber ich habe furchtbare Angst!" Nun war es Emma, die herzlich lachen musste. „Wovor hast du denn Angst? Wir sind schließlich zu viert und was soll da schon passieren?" Gabler war ebenfalls etwas nervös. Bevor Olga noch etwas sagen konnte, antwortete er: „Na ja, schließlich weiß man es ja nie, aber ermorden wird uns hier wohl doch keiner, dafür sorgt sicherlich schon Heller."

„Wieso behaupten Sie so etwas?", fragte Tantchen.

„Ganz einfach: Als er bei mir im Krankenhaus war, hat er so etwas angedeutet: Er würde für alle Fälle eine Rückversicherung abschließen."

„Klingt, als wollte er eine Lebensversicherung abschließen", meinte Emma leichthin.

„Sie wissen doch, was ich meine", klagte er beleidigt.

Tantchen legte das Buch weg, in dem sie gelesen hatte. „Also, Kinder, geht nach oben und seht nach, ob alle Fenster auch wirklich geschlossen sind. Ich finde es reichlich kühl hier drinnen; es zieht."

Entsetzt sah Olga sie an. „Was willst du uns damit sagen?", fragte sie.

„Es kann keiner in dieses Haus, und damit Schluss der Debatte", sagte Emma laut und deutlich. Sie schickte sich an, nach oben zu gehen, um wirklich nachzusehen, ob die

Fenster geschlossen wären. „Und das am Weihnachtsabend!", murrte sie vor sich hin, als sie die Stufen ins Obergeschoss ging. Olga stieg ebenfalls schnaufend hinter ihr die Stufen hinauf.

„Was wir alle für ein Theater machen!", knurrte sie vor sich hin. Dann waren beide in verschiedenen Zimmern verschwunden.

64.

Sergeant Gregori wurde vom Kommissar zu sich gerufen. Als er eintrat, befahl ihm der Kommissar, die Türe hinter sich zu schließen. Gregori sah ihn neugierig an. „Was gibt es, Chef?“, fragte er.

Lakonisch sagte Heller: „Setzen Sie sich.“

Gregori sah ihn verwundert an. „Seit wann darf ich mich im Allerheiligsten setzen?“, fragte er fröhlich, befolgte aber den Befehl und setzte sich auf den einzigen freien Stuhl im Zimmer, der nicht mit Papieren bedeckt war.

Der Kommissar fuhr sich durch sein schon angegrautes Haar. Er blätterte nervös in einigen Papieren und fragte dann unvermittelt: „Haben Sie etwas über die ermordete Frau Serensen gefunden?“

Gregori nickte mit dem Kopf, kramte in seiner Jackentasche und holte sein Notizbuch hervor. „Ich habe herausgefunden, dass Westend und die Serensen ein Verhältnis hatten. Die Alte hatte damals ein Engagement bei einem Varieté.“

„Das weiß ich bereits“, brummte Heller. „Gibt es sonst noch etwas Interessantes?“ „Das einzige, das vielleicht noch wichtig wäre, ist, dass die Serensen zum Zeitpunkt des Raubüberfalls, an dem Westend und die anderen beiden beteiligt waren, in der Stadt war und sich mit den dreien immer im Lokal 'Zur Taverne' traf. Dann habe ich in ihren verstaubten Unterlagen noch einen Bankschlüssel gefunden und natürlich Nachforschungen gemacht, zu welcher Bank und vor allem zu welchem Schließfach dieser Schlüssel gehört."

Der Kommissar nickte anerkennend mit dem Kopf. „Haben Sie in dem Schließfach etwas gefunden?"

„Nein, es war leer!" „Sie waren ja wirklich tüchtig, aber es gibt doch noch etwas, das Sie mir noch nicht berichtet haben."

Zerknirscht erklärte Gregori dann, was er sonst noch herausgefunden hatte. Heller sprang wie elektrisiert von seinem Stuhl hoch. „Das hätte ich nicht für möglich gehalten, aber das ist ja ..."

Gregori sah ihn erwartungsvoll an. Nachdem sich Heller wieder beruhigt hatte, fragte Gregori: „Was unternehmen wir jetzt, Chef?"

„Woher haben Sie diese Informationen?", fragte der Kommissar, ohne auf Gregoris Frage zu antworten.

„Vorerst möchte ich es noch nicht sagen. Erst wenn die Sache ins Rollen kommt, dann kann ich es Ihnen sogar schwarz auf weiß geben."

Das Gesicht des Kommissars wurde grimmig. „Jetzt geht es los, Gregori. Sie kommen sofort mit mir mit. Wer macht heute Dienst auf dem Revier?"

„Machat und ein anderer jüngerer Kollege", erklärte der Sergeant. Beide standen gleichzeitig auf und verließen ohne weitere Worte das Revier. „Die haben es aber eilig und keiner sagt uns, was sie vorhaben", bemerkte Sergeant Machat zu seinem jüngeren Kollegen. „Ich werde versuchen, etwas herauszufinden. Bleib du da und pass auf den Laden auf." Damit verschwand auch er.

65.

Im Forsthaus hatte die gesamte Familie Weihnachten gefeiert und nun spielten die Kinder mit ihren neuen Geschenken. Da es Axel viel besser ging, beteiligte er sich an den Spielen seiner Neffen. Frau Weirich und Fräulein Jindra hatten ebenfalls Geschenke bekommen und sich sehr darüber gefreut. Jetzt waren sie in der Küche und wuschen das Geschirr ab. Frau Weirich summte leise ein Lied, während sie das Geschirr wusch. Fräulein Jindra trocknete ab und räumte gleich alles in die Schränke.

„Bin ja so gespannt, wie es die nächsten Tage wird. Ob Herr Friedmann wirklich eine Woche zu Hause bleibt, oder ob es ihn schon eher wieder in die Kanzlei treibt?"

Frau Weirich hörte einen Moment lang auf, das Geschirr zu spülen und drehte sich nach der Krankenschwester um. „Was meinen Sie denn damit?", fragte sie etwas aufgebracht.

„Na ja, er ist doch sonst so wenig zu Hause und jetzt würde er doch eine Woche bleiben, und vor allem: Was wird weiter geschehen? Der Kommissar war doch so lange im Haus. Unsere Gnädige war danach total aufgelöst, hatte rotgeweinte Augen und so ..."

„Ach", erwiderte Frau Weirich, „was Sie sich wieder alles zusammenreimen! Sie hat doch mit der ganzen Mordsgeschichte nichts zu tun."

„Glauben Sie das wirklich?", fragte Fräulein Jindra.

„Natürlich glaube ich das, denn sie ist eine wirklich liebe und nette Person. Nie beklagt sie sich. Sie ist sehr nachsichtig, wenn den Kindern etwas zerbricht oder wenn sie viel Lärm machen. Sie ist nicht böse, wenn ihr Mann wieder einmal keine Zeit für sie hat. Die Kinder können auch immer tun und lassen was sie wollen, und überhaupt ... Können Sie sich vielleicht vorstellen, dass sie einen Menschen umbringt?"

Fräulein Jindra erwiderte nichts, sondern drehte sich nur zu den Küchenschränken um und stellte die Teller ins Fach.

Julia Friedmann kam kurz in die Küche und bat Frau Weirich, den Kaffee im Wohnzimmer zu servieren. Fräulein Jindra verließ wortlos die Küche und ging langsam und in Gedanken versunken die Treppe zu den Kinderzimmern hoch. „Warum sich die alte Hexe nur so für die Gnädige ins Zeug geworfen hat?", dachte sie. „Eigentlich stimme ich ihr ja zu. Ich kann es mir auch nicht vorstellen, dass sie einen Mord begehen könnte. Es ist ja überhaupt schwer zu beurteilen, wer so etwas machen kann und wer nicht. Man kann doch in keinen Menschen hineinschauen, auch wenn er noch so gutmütig ist. Irgendetwas stimmt trotzdem nicht", überlegte sie. „Die Stimmung zwischen den Eheleuten ist so gespannt – aber was geht das mich an."

66.

Kommissar Heller und Sergeant Gregori klopften bei Emma an die Türe. Sie hörten lautes Stimmengewirr. Als sich die Türe endlich öffnete, fragte der Kommissar sarkastisch: „Hatten Sie ein schönes Weihnachtsfest oder veranstalten Sie eine Party?“

Zornig antwortete Emma: „Na, Sie fehlen uns gerade noch, Herr Kommissar! Jetzt sind wenigsten die 'Drei Könige' auch schon da“, setzte sie noch hinzu. Gregori, der hinter Heller in den Vorraum trat, grüßte höflich und grinste unverschämt. Alle standen im Vorraum herum; keiner wusste, was er sagen sollte, bis Frau Rügen sich zu Wort meldete: „Emma, es wäre doch höflich, den Kommissar wenigstens ins Wohnzimmer zu bitten!“

Emma deutete mit der Hand Richtung Wohnzimmer und die ganze Versammlung marschierte hinein. Sie bot Heller einen Stuhl an und setzte sich vis-a-vis.

Dann brummte sie: „Ich habe schon vorgestern angerufen. Warum sind Sie erst heute gekommen?“

„Wie bitte ...?“, fragte Heller.

Olga und Frau Rügen sprachen durcheinander. „Ja, es ist alles so unheimlich hier draußen seit zwei Tagen. Und da dachte Emma, es wäre gut, wenn Sie kommen würden, und außerdem haben wir Ihnen ja auch noch etwas zu erzählen. Jemand schleicht um das Haus herum.“

Ungeduldig hob der Kommissar die Hand und plötzlich war es still. Gregori, der bei der Terrassentür Platz genommen hatte, lugte durch einen Spalt des Vorhanges in den Garten. Struppi hatte ihn herzlich begrüßt und ließ sich von ihm sein weiches Fell durchwühlen.

Der Kommissar sah etwas verwirrt drein. „Wen haben Sie angerufen? Und wann?“, fragte er ungeduldig. Emma erklärte ihm, was geschehen war und dass sie im Revier angerufen und um seinen Besuch gebeten hätte. „Es wurde mir versichert, dass es Ihnen ausgerichtet wird“, erklärte sie. „Dann hatten wir allerdings eine Telefonstörung und wir konnten nicht mehr telefonieren. Wir beschlossen also, alle Türen ordentlich zu versperren und auch die Fenster zu schließen. Struppi hat sich in den letzten Tagen auch sehr merkwürdig benommen und Olga ist etwas hysterisch gewesen.“

Über Hellers Gesicht stahl sich ein verschmitztes Lächeln. „Jetzt bin ich ja da und Sie können mir alles erzählen.“

Gabler war nervös im Zimmer auf und ab gelaufen und knurrte: „Ja, jetzt sind Sie da, Gott sei Dank. Wenn uns was passiert wäre, würden man Sie verantwortlich machen.“

Mit den Schultern zuckend meinte Heller: „Ja, das wäre möglich. Aber, es wäre Ihre eigene Schuld gewesen, da Sie mir einige wichtige Informationen vorenthalten haben. Sie alle miteinander ...“, und dabei sah er sich bedeutsam um. Betroffen schwiegen alle.

Olga fasste sich als erste. Sie sah ihn vorwurfsvoll an.

„Woher wollen Sie wissen, dass wir Ihnen etwas verschwiegen haben? Wir – und da spreche ich für mich und meine Freundinnen – haben Ihnen alles erzählt."

Der Kommissar lächelte sie unverschämt an. „Von Frau Rügen und Frau Christon spreche ich nicht. Sie haben mir wirklich alles erzählt. Aber Sie, Herr Gabler", er deutete mit dem Zeigefinger auf den Detektiv, „haben mir einige wichtige Tatsachen verschwiegen."

„Er hat Ihnen doch alles, was er weiß, erzählt, als Sie ihn im Krankenhaus besuchten", erwiderte Olga verständnislos.

„Wer ihn umbringen wollte, und was er herausgefunden hat. Darüber haben Sie aber mir gegenüber nichts erwähnt."

Olga nickte schuldbewusst. „Ja, das stimmt. Ich dachte nicht, dass es für den Fall wichtig sei."

„Ungeheuer wichtig wäre Ihre Aussage gewesen. Herr Gabler hat wichtiges Beweismaterial zurückgehalten. Somit hat er sich der Mitwisserschaft schuldig gemacht", sagte der Kommissar zornig.

Gabler ging einige Schritte mit gesenktem Kopf auf ihn zu und schrie ihn an: „Woher konnten Sie wissen, ob ich diese Beweise überhaupt noch habe? Vielleicht hat sie mir der Mörder abgenommen, als er mich erstechen wollte. Oder er hat sie aus meinem Büro gestohlen."

„Ihr Büro ist unversehrt geblieben", wies ihn der Kommissar zurecht. „Ihre Wohnung ist allerdings ein Trümmerhaufen. Die Möbel sind umgeworfen. Ihre privaten Papiere wurden durchwühlt und alles ist kaputt."

Gabler stöhnte auf. „Auch das noch! Was habe ich nur verbrochen!?" Er drehte sich um und deutete auf Olga. „Sie sind schuld!", sagte er und ging auf Olga los. „Sie alte Schachtel haben mir das eingebrockt! Ich hätte den Auftrag gar nicht annehmen sollen. Wenn ich gewusst hätte wohin das alles führt! Jawohl. Ich hätte den Auftrag ablehnen müssen!"

Seine Stimme hatte einen kreischenden Ton angenommen. Olga fürchtete sich vor dem kleinen Mann nicht. „Ja, ablehnen hätten Sie können, aber das Geld, das ich Ihnen bereits bezahlt habe, ist eigentlich Entschädigung genug für alles, was passiert ist", sagte sie mit drohender Stimme.

„Ich wäre beinahe ermordet worden!", schrie der Privatdetektiv.

Augenblicklich war ein riesiger Streit im Gange. Alle redeten durcheinander. Olga und Gabler brüllten sich an, nur der Kommissar und Frau Rügen saßen seelenruhig da und beobachteten die Szene. Emma hatte sich natürlich auch in den Streit eingemischt und sogar Sergeant Gregori fiel hin und wieder mit einer ätzenden Bemerkung dazwischen.

Heller war aufgestanden und befahl mit lauter Stimme: „Ruhe!" Aufgeregt und außer Atem sahen sie ihn alle bestürzt an.

„Was sollen dieses Gebrüll und die gegenseitigen Beschuldigungen?", fragte er. „Es ist jetzt sowieso egal, wer was angestellt hat und wer schuld an allem ist. Ich bin nicht gekommen, um mir Ihre kindischen Streitereien anzuhören. Schließlich sind wir alle erwachsene Menschen." Langsam beruhigten sich die erhitzten Gemüter und man setzte sich wieder sittsam zusammen. Gregori blieb stehen, denn Struppis Fell sträubte sich. Sein unangenehmes Knurren war nicht zu überhören. Alle sahen gespannt zur Terrassentüre. Emma ging langsam zu Struppi und nahm ihn hoch. Sie hielt ihm die Schnauze zu.

Heller blieb ungerührt sitzen. „Jetzt möchte ich nochmals von jedem einzelnen von Ihnen hören, was er in Erfahrung gebracht hat", sagte er ihm Befehlston. „Frau Christon, bitte fangen Sie an."

Emma ließ Struppi wieder auf den Boden nieder und setzte sich. „Nun, es ist nicht so einfach, aber ich werde mich bemühen, so genau wie möglich zu sein. Zuerst habe ich festgestellt, dass Herr und Frau Friedmann in irgendeiner Form mit dem Mord an Westend zu tun haben. Daher begann ich ihnen regelmäßig Gemüse und Obst zu liefern. Es fiel mir nicht schwer, mit Frau Friedmann Freundschaft zu schließen. Dabei erfuhr ich, dass ihr Mann Anwalt ist und ihr Neffe – der leider seelisch krank ist – bei ihnen wohnt. Sie haben angeblich deshalb das Forsthaus gekauft. Beim Fleischer hörte ich einige Dinge über die 'Neuen', wie sie genannt wurden. Olga war sogar extra beim Friseur, da Frau Friedmann auch dorthin ging. Dabei erfuhr sie, dass sich Julia Friedmann zwei falsche Nägel abgebrochen hat, die sie sich bei Frau Brendl richten lassen wollte. Anfangs fand ich nichts Außergewöhnliches daran. Schließlich haben sie einen sehr großen Garten und da sie auch hin und wieder im Garten arbeitet, konnten ihr leicht zwei Nägel abbrechen. Olga und ich wollten dann, dass meine Tante ein wenig dem Anwalt auf den Zahn fühlte. Was ihr auch perfekt gelang. Er erzählte ihr von seinen früheren Freunden und von seiner Studienzeit."

„Haben Sie das Testament letztendlich unterschrieben?", fragte Heller neugierig.

„Natürlich nicht", erwiderte nun Frau Rügen. „Ich hatte ja bereits einen Termin in der Kanzlei, aber es wurde mir verboten, noch einmal hinzugehen", sagte sie und deutete auf Emma und Olga. „Es war nun an der Zeit, dass wir etwas unternehmen. Sanders wurde von Emma, oder besser gesagt von Struppi tot im Wald gefunden. Wir beschlossen also, Nachforschungen anzustellen. Zuerst war Olga bei einer alten Bekannten ihres verstorbenen Mannes."

„Aber Herr Kommissar", rief Emma plötzlich aufgebracht, „das haben wir Ihnen doch schon alles erzählt!"

Heller lächelte. „Wichtig wäre für mich, was Sie mit Gabler abgesprochen haben und warum Sie gerade ihn engagierten", fragte er.

Olga sah verdutzt drein. „Das ist doch ganz einfach. Der Friedmann musste irgendetwas mit dem damals verübten Raubüberfall zu tun haben und seine Frau mit Westend, das stand für uns alle fest. Wer zieht schon ohne ersichtlichen Grund in diese gottverlassene Gegend? Die alte Serensen hat beim Fleischer auch erzählt, dass sie die Frau Friedmann öfter am Postamt gesehen hat. Und zwar schon lange, bevor sie das Forsthaus kauften. Das ist zwar noch kein Grund anzunehmen, dass sie etwas mit dem Mord zu tun hat, aber ich wurde das Gefühl nicht los, dass da doch ein Zusammenhang bestand.

Nun mischte sich Gabler ein. Ich habe, wie ich Ihnen schon berichtete, Nachforschungen über den Anwalt, Westend und seiner Freunde angestellt. In diesem Zusammenhang wurde auch die alte Serensen erwähnt und ich schrieb mir alles sorgsam auf. Ich fand auch heraus, dass Friedmann in den Raubüberfall verwickelt war. Er war damals als Sozius beim Prozess gegen die drei Angeklagten dabei. Er konnte Einsicht in die Akte nehmen und ließ einige wichtige Beweisstücke verschwinden. Der Anwalt wurde von Frau Serensen bestochen, um Westend, der den Wachebeamten niedergeschossen hatte, vor dem Galgen zu bewahren. Im damaligen Prozess gestand Kessler, den Wachebeamten niedergeschossen zu haben, widerrief allerdings seine Aussage. Fobisch wurde nur zu 10 Jahren Haft verurteilt. Kessler beteuerte immer wieder, dass nicht er den Wachebeamten erschossen hatte, starb jedoch bald darauf im Gefängnis. Das Geld wurde niemals gefunden. Dabei war es so einfach, denn die alte Serensen war die Komplizin der drei. Sie bewahrte das Geld für sie auf. Deshalb wurde Westend in Landau auch Postvorstand. Er allein wusste, dass die Serensen das Geld irgendwo versteckt hatte, und er wollte das Geld für sich alleine in Anspruch nehmen. Was aber niemand wusste, war, dass die Serensen ein Verhältnis mit Westend hatte und dass aus dieser Beziehung ein Kind entstand. Es ist ein Junge. Er wurde zur Adoption freigegeben. Beide wollten sich nicht mit einem Kind belasten.

Ich fand auch heraus, dass Westend, noch bevor er mit Fobisch und Kessler den Raubüberfall verübte – der nur auf Frau Serensens Mist gewachsen war – ein Verhältnis mit der Mutter von Frau Friedmann gehabt hatte. Sie wollten heiraten, doch als dann das Kind da war, ließ er sie einfach sitzen. Frau Friedmann fand das wohl nach dem Tod ihrer Mutter heraus. Sie begann, nach ihrem Vater zu suchen. Ihrem Mann erzählte sie vorerst noch nichts. Schließlich fand sie Westend in Landau. Indem sie ihren Mann bat, das Forsthaus zu kaufen, damit der Neffe in einer ländlichen Umgebung sich wieder gesundheitlich erholen könne, bot sich eine günstige Gelegenheit, Westend nahe zu sein. Der Anwalt wusste jedoch, dass sie das uneheliche Kind von Westend war und ging auf ihre Wünsche ein. Westend muss sie damit erpresst haben, dass er ihrem Mann sagen würde, wer ihr leiblicher Vater ist. Er wusste nicht, dass Friedmann bereits im Bilde war. Ihre verstorbene Mutter wollte jedenfalls diese Verbindung zwischen ihr und dem Anwalt aus bestimmten Gründen nicht dulden. Dennoch schaffte es Julia – wohl aus Liebe – Friedmann zu heiraten."

„Welche Gründe hatte denn Julias Mutter?", fragte Olga neugierig.

„Zum ersten wusste sie, dass der Anwalt Beweismaterial verschwinden ließ, und zum zweiten hatte er zweifelhafte Freunde aus seiner Studienzeit", sagte Gabler.

„Was haben eigentlich seine Freunde mit der gegenwärtigen Situation zu tun?", fragte Emma.

„Nun ja, Friedmann stand einigen seiner Freunde als Rechtsanwalt bei. Er erfuhr viel über ihre Machenschaften. Mitgehangen, mitgefangen. Dann konnte er sich allerdings nicht mehr rechtzeitig absetzten."

„Hat er jetzt die Morde begangen oder nicht?", fragte Frau Rügen.

Gabler schüttelte den Kopf. „Nein, er war es mit Sicherheit nicht. Er ist jedoch Mitwisser und hat sich daher auch strafbar gemacht. Stimmt doch, Herr Kommissar?"

„Ja, leider", erwiderte dieser gedehnt.

„Also, mit einem Wort: Sie wissen beide, wer diese grausigen Verbrechen verübte", sagte Emma. „War es nun eine oder waren es mehrere Personen?", fragten Emma und Olga gleichzeitig.

„Ja, ich weiß es, aber leider kann ich es nicht beweisen", erklärte Heller. „Und es war nur eine Person."

„Und was geschieht nun? Was werden Sie weiter unternehmen? Wir fühlen uns nicht mehr sicher", erklärte Frau Rügen.

„Ich habe gewisse Vorsichtsmaßnahmen getroffen. Sie

brauchen sich wirklich um Ihre Sicherheit keine Sorgen machen."

„Haben die abgebrochenen Nägel von Frau Friedmann mit der Sache etwas zu tun?", fragte Olga neugierig.

„Eigentlich schon, denn sie war am Morgen, als Herr Westend ermordet wurde, im Postamt und wollte ihm kein Geld mehr geben. Es kam dann zu einer handgreiflichen Auseinandersetzung. Sie wollte ihm das Kuvert mit dem Geld entreißen und dabei sind die beiden Nägel abgebrochen. Aus Angst, man könne sie sehen, verließ sie das Postamt durch den Hintereingang."

Emma sagte nachdenklich: „Wahrscheinlich hat er sie geschlagen, denn einige Tage danach, als ich sie besuchte, war sie ziemlich stark geschminkt. Damals wunderte ich mich darüber."

„Sie haben aber wirklich eine gute Beobachtungsgabe", erklärte der Kommissar schmunzelnd. „Diese Tatsache haben Sie mir aber verschwiegen."

„Ja, natürlich, denn ich dachte, ihr Mann hätte sie geschlagen, also habe ich auch nicht darüber gesprochen." Olga nickte zustimmend und Frau Rügen meinte: „Ja, wir Frauen müssen einfach zusammenhalten."

Gregori ging unruhig auf und ab, dann sah er Kommissar Heller bedeutsam an und erklärte: „Jetzt wird es aber Zeit – meinen Sie nicht?"

Heller ging zur Haustüre, öffnete sie und sagte laut: „Sie können jetzt hereinkommen!"

Alle Blicke waren neugierig auf die Türe gerichtet, als drei junge Beamte den Raum betraten. Hinter ihnen kam Sergeant Machat herein.

„Was soll das!?", fragte Emma. „Warum haben Sie die Leute hierher bestellt?"

„Liebe Frau Christon, die Beamten waren zu Ihrer und zur Sicherheit Ihrer Besucher von mir bestellt. Der Sergeant war sicherlich nur neugierig."

„Natürlich", sagte Machat, „denn seit einiger Zeit hatte ich das Gefühl, dass ich nicht auf dem laufenden bin. Sie haben ja alle Informationen für sich behalten."

„Das musste ich tun, denn sonst wären jetzt noch mehr Menschen tot", erwiderte der Kommissar böse.

Gregori hatte sich langsam und leise hinter Machat gestellt und nickte mit dem Kopf.

„Ich verhafte Sie wegen Mordes an Martin Westend, Georg Sanders und Frau Serensen", erklärte der Kommissar. Er ging auf Machat zu.

Zitternd vor Zorn rief dieser: „Was für ein Unsinn! Ich habe niemanden ermordet! Nur weil Sie nicht wissen, wer es getan hat, bin jetzt ich das schwarze Schaf! Ich bin Polizist und über jeden Zweifel erhaben", lachte er hysterisch auf. Doch Gregori hatte ihn schon am Handgelenk gepackt, um eine Flucht Machats zu vereiteln. Die drei Beamten nahmen ihn in die Mitte. „Bringen Sie ihn weg! Ich kann ihn nicht mehr sehen", sagte Heller.

67.

Die Schlagzeilen der Zeitungen des nächsten Tages berichteten über die Verhaftung eines Polizeibeamten, der aus Gewinnsucht und Rache zum Mörder geworden war und dass ein bekannter Anwalt wegen Mitwisserschaft in Untersuchungshaft genommen wurde.

Kommissar Heller nahm die Einladung von Emma dankend an. Olga und Frau Rügen waren ebenfalls gekommen. Sie plauderten über belanglose Dinge, bis Olga der Kragen platzte. „Sie sind doch wohl nicht nur wegen des Kaffees gekommen!"

„Na schön, ich werde Ihnen die ganze Geschichte erzählen, damit ich dann endlich meine Ruhe habe", lachte der Kommissar. Er machte es sich im Sessel bequem und begann zu erzählen:

„Machat ist der uneheliche Sohn von Herrn Westend und Frau Serensen. Er wurde von dem Ehepaar Maschet adoptiert. Seine Mutter war mit Westend schon zum Zeitpunkt des Raubüberfalles liiert und organisierte diesen auch. Maschet oder Machat – wie er sich dann nannte – erfuhr durch Zufall von Fobisch, den er in einer Gastwirtschaft kennen lernte, dass Friedmann Beweismaterial gegen Westend verschwinden ließ und dafür eine bedeutende Geldsumme erhielt. Fobisch erzählte auch, dass Westend den Wachebeamten erschossen hatte und dass das geraubte Geld nie gefunden worden war; Westend sei jetzt Postvorstand in Landau und hätte einen guten Ruf. Machat wusste zum damaligen Zeitpunkt noch nicht, dass Herr Westend und Frau Serensen seine leiblichen Eltern waren. Frau Serensen hatte sich kurz nach dem Raubüberfall das kleine Häuschen in Landau gekauft und dort die Beute versteckt. Nach einigen Jahren konnte Westend durch Beziehungen von Friedmann den Posten als Postvorstand in Landau übernehmen. Machat, der selbst Rechtswissenschaft studierte, fälschte seine Dokumente und gab sich als Polizeibeamter aus. So besorgte er sich auch die Prozessakte und wurde als Sergeant – natürlich mit Hilfe von Friedmann und seinen zweifelhaften Freuden – nach Landau versetzt. Wie Sie ja alle wissen, war er im Ort sehr beliebt und immer hilfsbereit. So trug er oft den Einkauf für Frau Serensen nach Hause und übernahm in seiner Freizeit für Westend Botenfahrten. Zufällig hörte er einmal ein Gespräch zwischen den beiden mit, wobei Westend eine größere Summe nannte. Diese Summe wollte er spätestens am nächsten Tag haben. Machat, der am Mordtag von Westend Dienst hatte, ging zur Mittagszeit ins Postamt und konfrontierte Westend mit seiner Vergangenheit. Doch der ließ sich nicht einschüchtern und erklärte sich nicht bereit, an Machat auch nur einen Geldschein zu verschwenden. Als er sich umdrehte, erstach ihn Machat mit einem Brieföffner. Dann nahm er das Geld, das für Westend bestimmt war und plünderte auch noch die Kasse, damit es wie ein

Einbruch aussehen sollte."

„Wie schrecklich", sagte Emma plötzlich, „er hat seinen eigenen Vater und – oh Gott! – auch seine ..."

Angewidert nickte Heller mit dem Kopf. „Ja, das hat er getan, aber er wusste zu dem Zeitpunkt noch nicht, dass es sich bei Frau Serensen um seine leibliche Mutter handelte."

„Erzählen Sie weiter", ersuchten Olga und Frau Rügen.

Der Kommissar lehnte sich wieder in seinem Sessel zurück und betrachtete eine Weile still die drei Frauen. Wie gescheit sie waren und wie sehr sie ihm geholfen hatten, den Fall endlich abschließen zu können! Auch der Detektiv hatte ziemlich gute Arbeit geleistet. Er hätte beinahe sein Leben eingebüßt. Heller musste lächeln. „Ja, wo war ich stehen geblieben?", fragte er.

„Beim Mord an Westend", antwortete Olga und wartete begierig auf die weiteren Ausführungen.

„Wachtmeister Sanders hatte die Aufgabe, den Tatort zu sichern und alle Unterlagen des Postamtes durchzusehen. Er fand im Postbuch zufällig einen Zettel, worauf Westend Ort und Zeit der Geldübergabe aufgeschrieben hatte. Zuerst konnte er nichts damit anfangen. Dann aber fand er eine Einzahlung, die für ihn keinen Sinn ergab. Er forschte bei der Bank nach, doch man konnte keinen Empfänger feststellen. Es handelte sich nur um ein Bankschließfach. Sanders fragte alle, ob und wann sie Einzahlungen getätigt hätten. Leider ergab sich nichts Greifbares aus den Aussagen der Dorfbewohner, wenn nicht die alte Serensen beim Fleischer einige Andeutungen gemacht hätte. Sanders erzählte mir seine Entdeckung am Telefon und Machat hörte mit. Jedenfalls entdeckte der Wachtmeister einen Zusammenhang mit der Einzahlung zu Friedmann und notierte sich alles genau. Er wollte mit dem Anwalt einen Termin ausmachen. Machat wollte unbedingt bei der Befragung dabei sein und vereinbarte mit Sanders ein Treffen. So kam es, dass zwar der Wachtmeister gesehen wurde, als er mit dem Postbuch das Polizeirevier verlies, doch keiner beachtete, wohin er ging. Machat lockte ihn in eine Falle. Er erstach ihn mit demselben Brieföffner, mit dem er Westend erstochen hatte und verscharrte die Leiche im Wald. Struppi fand das Versteck."

„Braver Hund!", sagte Heller und streichelte ihm über den Kopf.

„Der Sergeant nahm das Postbuch an sich und verbrannte den Zettel mit der Übergabe. Die Einzahlung konnte er nicht vernichten, da ich ja davon bereits unterrichtet war. Er vereinbarte unter einem anderen Namen bei Friedmann persönlich einen späten Besprechungstermin. Frau Eislich, die Sekretärin des Anwaltes, hat ihn bereits als jenen späten Besucher identifiziert."

„Dachte ich es mir doch, dass er auch Friedmann erpresste", sagte Tantchen leise.

Heller sah sie einen Moment ungläubig an. „Ja sicherlich, aber woher wissen Sie das?"

„Ich habe Ihnen doch von meinen Besuchen in der Kanzlei erzählt. Friedmann war sehr nervös; er spielte ständig mit irgendeinem Gegenstand herum. Außerdem bekam er ein Telefonat und wollte vor mir nicht reden. Er sagte sehr ungehalten: 'Rufen Sie mich erst abends wieder an. Ich habe jetzt zu tun!', und knallte den Hörer auf die Gabel. Wenn es sich um einen Klienten gehandelt hätte, wäre er bestimmt freundlicher gewesen. Aber so war er nur wütend über das Gespräch", erläuterte Frau Rügen.

„Sie sind wirklich eine gute Menschenkennerin, aber auch Friedmann ist nicht auf den Kopf gefallen. Er überprüfte Ihre Angaben sehr gründlich."

„Also wusste er, dass Tantchen ihn wegen des Testamentes belogen hatte?", fragte Olga neugierig.

„Ja, Frau Rügen hatte Glück, denn Friedmann hätte eigentlich gerichtliche Schritte gegen sie unternehmen können."

„Gott sei Dank hat er das nicht gemacht!", meinte Tantchen belustigt.

„Was geschah weiter?", fragte Emma neugierig.

„Nun, Machat wollte den Anwalt damit erpressen, dass Julia Friedmann die Tochter von Westend war und somit auch seine Halbschwester; weiters, dass der Anwalt eine schöne Summe Geld erhalten hatte, nachdem er einige Unterlagen, die gegen Westend sprachen, verschwinden ließ. Friedmann ging zum Schein auf die Sache ein und begann eigenhändig mit Nachforschungen über Machat. Durch einen Zufall erfuhr er, dass der Privatdetektiv Gabler ebenfalls in der Sache recherchierte und teilte dies Machat mit. Ab sofort hörte Machat die Telefongespräche von Gabler ab. So wusste er den Treffpunkt, wo sich der Privatdetektiv mit seinem Informanten und Frau Lechner treffen wollte. Das war für ihn eine günstige Gelegenheit, den Detektiv auszuschalten. Er konnte allerdings nicht wissen, dass sich Frau Lechner um einige Minuten verspäten würde und so nahm er an, dass das Gespräch der beiden schon stattgefunden hatte."

„Also stach er Gabler nieder und als er meine Schritte hörte, lief er davon", ergänzte Olga erschaudernd.

„Ja, Sie beide hatten Glück. Wenn er Sie bei dem Detektiv gesehen hätte, wäre Ihnen sicherlich auch etwas zugestoßen."

Eine Weile war es still im Raum, ehe Emma fragte: „Warum hätte er Olga etwas antun sollen?" „Ganz einfach", erwiderte der Kommissar. „Gabler und Frau Lechner wussten beide schon zuviel. Es war nur eine Frage der Zeit, wann sie hinter sein Geheimnis gekommen wären."

„Aber dann war auch der Telefonausfall bei Emma kein Zufall", sagte nun Frau Rügen.

„Nein, natürlich nicht. Machat wollte unbedingt an die Unterlagen von Gabler und da er sie weder in seinem Büro noch in seiner Wohnung fand, wollte er sich ins Haus schleichen."

„Schrecklich, wenn ich nur daran denke, was alles hätte

passieren können!“, meinte Emma. „Ich habe ja am Polizeirevier angerufen, weil wir unbedingt mit Ihnen sprechen wollten.“

„Nun, er hat eben die Nachricht absichtlich nicht an mich weitergeleitet; er wollte selbst kommen, um zu erfahren, was Sie wirklich wissen“, erläuterte der Kommissar. „Aber ich habe bereits damals, als ich Frau Lechner bei Gabler im Spital sah, meine Vorkehrungen getroffen“, erklärte er.

„Nachdem die alte Serensen am helllichten Tag ermordet worden war, war ich sicher, dass es sich um einen äußerst skrupellosen Menschen handeln musste. Vor allem deshalb, weil er immer wusste, was ich gerade mache. So schickte ich Sergeant Gregori zu Dickson – der ein angeblicher Informant sein sollte –, um ihn zum Verhör in die Polizeistation zu bringen. Gregori hatte Mühe, ihn zu finden. Durch seinen Ehrgeiz und auch seiner Routine gelang es ihm doch, Dickson aufzuspüren. Dickson, ein übler Bursche, erzählte dann eine Geschichte, die wir kaum glauben konnten. Machat wäre in mehrere Einbrüche und Schlägereien verwickelt gewesen. Nur Dickson wusste von seiner wahren Identität. Er war von Machat beauftragt worden, Westend und Friedmann zu beschatten. Machat selbst konnte es ja nicht gut machen, wenn er im Dienst war. Immerhin hat ihm Machat eine ganz schöne Summe bezahlt. Jetzt sitzt auch Dickson in Haft. Jedenfalls fand Dickson bald heraus, dass Westend und Julia Friedmann sich des öfteren am Waldrand trafen. Er beobachtete die beiden, wie Frau Friedmann Westend Geld gab. Er verfolgte auch Westend, wenn er mitten in der Nacht heimlich fortfuhr und sich mit Fobisch traf, dem er immer Geld gab, damit er den Mund hielt. Der Anwalt hingegen fuhr oft zu einem Klienten und Dickson fand auch da wieder heraus, dass Friedmann zweifelhafte Geschäfte machte. All diese Entdeckungen unterbreitete er sofort Machat."

„Aber was hat das alles mit der alten Frau Serensen zu tun?", fragte Emma. „Sie hat Westend zwar des öfteren in der Nacht wegfahren sehen, aber das glaubte ihr ja sowieso niemand."

„Natürlich glaubte ihr niemand, außer Machat, der ja wusste, dass sie mit Westend gemeinsame Sache gemacht hatte. Jedenfalls wusste Friedmann durch seine umfangreichen Nachforschungen bald, dass Frau Serensen die leibliche Mutter von Machat war und wollte ihm diese Entdeckung mitteilen. Doch als er im Polizeirevier anrief, war Machat gerade auf seinem Routinerundgang. Der junge Polizeibeamte wollte ihm gerne die Nachricht zukommen lassen, doch Friedmann war vorsichtig und sagte, er würde sich später wieder melden. Zu diesem Zeitpunkt wusste er allerdings nicht, dass Machat die alte Frau bereits ermordet hatte und das Haus nach dem Geld durchsuchte."

„Aber Sie sagten doch selbst, dass es keinerlei Spuren gab", sagte Emma.

„Stimmt ja auch: Das Haus war in einem fürchterlichen Zustand – aber ihre Papiere waren sehr ordentlich sortiert“, erwiderte der Kommissar.

„Ich kann mir vorstellen, dass das für Sie bereits ein Hinweis war“, meinte Olga.

„Oh doch, ich war sehr erstaunt, denn als ich bei der Befragung in ihrem Haus war, lagen die Zeitungen und Briefe wild durcheinander. Ich konnte auch einen Blick in ihre Küche werfen und ich war entsetzt, denn man konnte nicht einmal mehr die Farbe der Küchenschränke feststellen, so schmutzig waren sie. Aber das Geschirr war blitzsauber. Der Mörder musste alle Papiere durchgesehen und sie dann ordentlich weggeräumt haben. Bei der Durchsicht der Papiere und Dokumente fand Sergeant Gregori heraus, dass sich die alte Frau in ihrer Jugend 'Mary van Helm' nannte und beim Varieté gewesen war. Er fand auch eine Geburtsurkunde und Adoptionspapiere. Allerdings, wenn Gregori nicht so gründlich gewesen wäre, hätte man sie überhaupt nicht finden können. Als er allein im Haus auf die Spurensicherung wartete, betrachtete er die Bilder an der Wand und sah, dass auf den Gruppenfotos immer dasselbe schöne Mädchen abgebildet war. Er dachte. dass die alte Frau vielleicht wirklich einmal so schön gewesen sein könnte und nahm sich vor, die Bilder genauer zu betrachten. Das tat er dann auch und fand hinter einem größeren Bild die Dokumente versteckt. Nun, zu guter Letzt wurden Machat und Friedmann durch uns beschattet; dabei konnte ein Beamter unserer Kriminalabteilung feststellen, dass sie sich in einem Lokal in der Stadt trafen. Der Beamte saß am Nebentisch und hörte fast das ganze Gespräch mit. Jedenfalls erzählte der Anwalt Machat, dass die alte Serensen seine leibliche Mutter sei und ein Testament gemacht habe. Er würde Alleinerbe sein. Der Beamte beobachtete, wie Machat aufsprang und schrie: 'Warum haben Sie mir das nicht schon längst mitgeteilt?' Der Anwalt blieb ruhig sitzen. 'Ich habe versucht, Sie im Polizeirevier anzurufen um Ihnen diese Tatsache mitzuteilen, aber leider waren Sie nicht anwesend. Was soll eigentlich Ihre Schreierei? Sie werden noch alle auf uns aufmerksam machen. Reißen Sie sich zusammen, Mann!' Machat fragte dann noch, ob es sonst noch jemanden gäbe, der von diesen Details wüsste. Friedmann antwortete nicht gleich. 'Ich glaube, der Detektiv Gabler müsste es auch wissen. Er ist heute aus dem Krankenhaus entlassen worden. Wo er sich jetzt aufhält, weiß ich auch nicht. Warum wollen Sie denn das unbedingt wissen?', fragte er. Aber Machat war schon aufgesprungen und rannte aus dem Lokal. Er fuhr zum Krankenhaus und erkundigte sich dort nach dem Detektiv. Eine Schwester teilte ihm mit, dass er bereits entlassen und von einer älteren Dame abgeholt worden sei. Daraufhin fuhr Machat nach Landau, wo ihm sein Kollege erzählte, dass Frau Christon angerufen hatte, um mit dem Kommissar zu sprechen. Machat erklärte sich bereit, den Kommissar davon in Kenntnis zu setzen und verließ aufgeregt das Revier. Er wurde auf seinem Weg bis vor Ihr Grundstück beschattet. Natürlich hatte ich auch schon Männer rund um Ihr Haus postiert."

„Ja, aber woher wussten Sie, dass wir mit Ihnen sprechen wollten?", fragte Emma.

„Einer meiner Beamten benachrichtigte mich sofort, als Machat zu Ihrem Grundstück fuhr."

„Es war wirklich unheimlich im Haus. Stimmt es nicht?", fragte Olga in die Runde.

„Eigentlich schon", sagte Tantchen, „denn ständig knurrte der Hund und wir hatten alle das Gefühl, dass jemand im Garten wäre. Sogar Herr Gabler war sehr beunruhigt."

Der Kommissar lächelte. „Natürlich, denn meine Beamten waren seit Gablers Entlassung aus dem Krankenhaus hier vor Ort. Machat wartete eine günstige Gelegenheit ab und wollte Ihnen dann seinen Schutz anbieten."

„Aber er wusste doch, dass Sie mittlerweile bei uns im Haus waren", erwiderte Olga aufgeregt.

„Das konnte er nicht wissen, denn er hatte mir eine fingierte Nachricht zukommen lassen und vermutete mich in der Stadt bei Friedmann. Allerdings wusste er nicht, dass der Anwalt bereits verhaftet worden war."

„Erschütternd ist, dass er seine leiblichen Eltern ermordete, und das nur wegen des Geldes", sagte Emma traurig. „Ein böser Mensch, gefühllos und habgierig, der keine Reue zeigt", fügte Olga hinzu.

„Wurde das Geld eigentlich gefunden?“, fragte Frau Rügen neugierig.

„Ja, im Keller von Frau Serensen fand Machat, der sich in der Nacht Zutritt zum Haus verschaffte, eine Vertiefung, in der sich das geraubte Geld befand. Das war das letzte Puzzleteil, denn es befinden sich seine Fingerabdrücke darauf.“

„Die arme junge Frau! Sie hat ihren Mann und ihren Halbbruder verloren. Ich werde ihr meine Hilfe anbieten“, erklärte Emma entschlossen und ging in die Küche.

Bücher der „Edition Weinviertel“

Zeitgenössische Autoren

Escher Elisabeth:
„Ein Herz für Hercules"

Höttinger Ingrid:
„Blitzlichtaufnahmen aus längst vergangenen Tagen"

Hofer-Riffler Yvonne:
„Freiheit hinter Milchglasscheiben" Eine zeitgeschichtliche Erzählung

Jakob-Käferle Anton:
„Verschlungene Pfade. Jugend in stürmischen Zeiten"

Kreiner Hans:
„Leise Töne" Gedichte

May Stefan:
„Raunende Langusten. Ein kubanisches Reisetagebuch"

Moos-Rojka Agnes:
„Ein Fenster voller Himmel" Gedichte

Moos-Rojka Agnes:
„Der Tod und der Tor". Drama

Neumayer Elisabeth / Ambichl Margret
Aufbruch nach Fantasurien"

Pichler Elisabeth:
„Heckenrosen. Oststeirische Lebensgeschichten"

Sukup Maria:
„Die Wege, die wir gehen ..."

Sukup Maria:
„Bunt wie die Farben des Regenbogens"

Weiss-Pyerin Waltraud:
„Das Leben ist eine Reise wert. Gedichte"

Wolff-Itzinger Helga:
„Geschichten für große und kleine Denker"

Hobby: Schreiben

Lazelberger Friederike:
„Rechts und links vom Weg"

Mick Anna:
„Meine Taggedanken"

Sammelbände

Ruhsmann/Scheuringer (Hrsg.)
„Im Lauf der Jahre"
Texte des NÖ Literaturwettbewerbes für Seniorinnen und Senioren

Salvesberger Michael Hans (Hrsg.):
„Herbstblätter"

Salvesberger Michael Hans (Hrsg.):
„Ein bunter Strauß"

Salvesberger Michael Hans (Hrsg.):
„Feder-Spiel"

Lokalgeschichte

Eminger Erwin:
„Bei Schweiß und Mühe nur gedeih' ich recht"
Zeitbilder zur Geschichte des Weinbaues 1900 - 1970 aus dem östlichen Weinviertel

Harreiter Josef:
„Ansonsten war ich mit meinem Leben recht zufrieden"
Kindheit und Jugend in der Vorkriegs- und Kriegszeit

Irsay Imo Eberhard:
„Die Flucht nach Tirol"
Eine wahre Geschichte aus schweren Zeiten

Janny Josef:
„... für Führer, Volk und Vaterland?"

Klein Eugen:
„Weinviertel. Eine Erinnerung"

Madlmayr Anna:
„... und trotzdem war es eine schöne Zeit"
Erinnerungen an eine Bergbauernkindheit 1941 - 1951

Ofenböck Gisela:
„Die kleine Welt meiner Kindheit"

Schober Franz u.Leopold:
„Briefe von der Front" Feldpostbriefe 1939 - 1945

Seebauer Renate:
„Kontinuität im Wandel.
Bausteine zur Sozialgeschichte von Mahrersdorf"

Stifter Hans:
„Rundblick vom 'Birnbrater Kirchlein'"
Land und Leute im mittleren Burgenland

Lebensgeschichte

Jäger Hildegard:
„Mit Hand und Fuß"
Die Geschichte der schrittweisen Heilung
einer Schlaganfallpatientin

Schick Margit:
„Getrennte Wege"
Der verlorene Kampf einer Frau um das Leben ihres krebskranken Mannes

---